聯經經典

馬里伏劇作精選

《雙重背叛》及《愛情與偶然狂想曲》

馬里伏（Pierre Carlet de Marivaux）◎原著

林志芸◎譯注

國科會經典譯注計畫

導 讀

愛中的徬徨與愛的驚喜

我從人心深處各個不同的角落,尋覓愛情的蹤
跡。而我的每一齣喜劇,盡在設法將畏縮的愛
情逼出它所躲藏的窩。[1]

一、馬里伏的生平

馬里伏(Pierre Carlet de Marivaux)原名Pierre Carlet [2],1688
年生於巴黎,卒於1763年,享年75歲。他的父親Nicolas Carlet 原

1　"J'ai guetté dans le coeur humain toutes les niches différentes où peut se
cacher l'amour lorsqu'il craint de se montrer, et chacun de mes comédies a
pour objet de le faire sortir d'une de ses niches." 與馬里伏同期的作家
D'Alembert 在其著作 *Eloge* 中如此引述馬里伏自己的話。

2　馬里伏並非出身貴族世家,因此他的姓氏中原本也沒有法文中象徵貴
族的介系詞"de"。他於1710年在巴黎大學註冊習法時,在姓氏Carlet
前加上"de",成為Decarlet;1716年出版滑稽詩作《喬裝的伊里亞德》
(*Iliade travesti*)時,他首次署名卡爾勒‧德‧馬里伏(Carlet de
Marivaux),從此Pierre Carlet de Marivaux便成為他的筆名。

任職於海事部，1698年購得Riom[3]鑄幣廠督察一職，舉家遷往外省，後來成爲鑄幣廠廠長，因此馬里伏雖然生於巴黎，在巴黎發跡、成名，卻是在這山城長大、受教育。馬里伏於22歲離家前往巴黎研讀法律，但是他對法律似乎不感興趣，到了巴黎並未專心於學業，在舅父──當時的名建築師Pierre Bullet的引介下，開始出入巴黎上流社會沙龍，結交當時文壇名士，並從事散文、小說和戲劇之創作。

馬里伏一生共創作一齣悲劇、三十多齣喜劇、七部小說和無數篇獨立或連載散文。成年時期的小說《瑪麗安娜的一生》（*La Vie de Marianne*）及《鄉下暴發戶》（*Le Paysan parvenu*）分別以到巴黎闖蕩的孤兒及鄉下青年爲主角，寫實色彩濃厚，與17世紀專寫英雄美人愛情冒險故事的小說截然不同，堪稱法國寫實小說先驅，在小說史上占有樞紐之地位。

但是馬里伏最主要的成就乃在戲劇方面。他的劇本經常被列於法國各級學校文學課程中，在大小的劇院上演，更是法蘭西劇院[4]經年不可或缺的劇目，足見其重要性。

除了深獲觀眾的喜愛外，馬里伏並於1743年擊敗角逐對手伏爾泰，當選爲法藍西學院[5]院士，得到當時文壇最高殊榮，畢

---

3 位於法國中央山脈（Le Massif central）。

4 La Comédie française，於1680年由莫里哀的劇團和馬黑（le théâtre du Marais）及勃艮地（le theatre de l'hôtel de Bourgogne）等三大劇團合併而成，其歷史和法國戲劇史息息相關，至今仍是法國戲劇的演出重鎮。

5 L'Académie française，創於1634年，其院士多爲社會上文、法、醫、政等方面的頂尖人物。如今由40位終身職的院士組成，專責規範法語，解釋法語的用法。

生成就得到肯定。[6]

二、馬里伏戲劇的獨創性

十八世紀戲劇背景

　　十八世紀法國戲劇盛極一時，更是喜劇的黃金時期，不僅知名文學家[7]爭相嘗試創作新的戲劇體裁、發表戲劇理論，由於宮廷驕奢淫逸之風自路易十四駕崩後漸興[8]，並蔓延至民間，加上經濟起飛，封建階級制度逐漸瓦解，觀眾群也由以往的貴族階層普及至中產階級，甚至平民。為不同性質的戲劇和不同群眾而設的表演場所倍增，除耶穌會學校內為教學而有的排演外，公設的有法蘭西劇院（La Comédie Française）、歌劇院（L'Opéra）、義大利劇院（Le Théâtre Italien），私設的則有市集裡的街頭劇場（Le Théâtre forain）。而財力雄厚、喜愛戲劇的貴族們更是在王宮、城堡裡搭起舞臺，或是延請劇團來表演，或乾脆自己當起演員來過過戲癮，路易十六的王后瑪麗安東妮（Marie-Antoinette）便是一例。由於劇院間競爭激烈，政府明定法則，不同的劇院有其專屬的表演，其他劇院不准撈過界。例如音樂及舞蹈權專屬歌劇院，大型悲劇為法藍西劇院之特權，義

6　有關馬里伏一生重要事件及著作，詳見附件「馬里伏年表」。

7　如伏爾泰、狄德侯（Diderot）、盧梭、玻馬榭（Beaumarchais）等人。

8　路易十四主政期間（1643-1715）窮兵黷武，導致全國農經衰退，民不潦生、人口銳減。晚年受其情婦Madame de Maintenon影響，敬虔度日，朝廷充滿莊嚴肅穆之氣氛。

大利劇院負責以義大利語即席演出的義大利式喜劇,而市集裡的街頭劇場僅能演些布偶戲,並且禁用臺詞和音樂。戲劇在當時的蓬勃發展,由此可見一斑,而觀賞戲劇也成為全民的文化休閒活動。

馬里伏劇作特色

然而,經過時間的淘汰,如今提起法國十八世紀重要劇作家,大家往往只記得馬里伏和玻馬榭兩人而已,而後者的作品之所以流傳於世,可能還得歸功於莫札特[9]呢!當然,伏爾泰等人在小說、哲學論述方面的成就光芒四射,也許因此遮蔽了他們的戲劇在後人眼中的地位;但馬里伏的喜劇,無論是和前人莫里哀或同期劇作家比較,都是那麼與眾不同,這才是他能禁得起時間考驗的主因。在今日法國,除莫里哀以外,他算是作品最常被搬上舞台的古典喜劇作家,我們甚至可以說,他的作品在法國戲劇史上,是獨樹一幟、無法歸類的。

義大利喜劇

談到馬里伏劇作的特色,首先必須探討他與義大利劇團的關係。義大利劇團原是法王亨利二世的義裔王后Catherine de Médicis於1577年自佛羅倫斯引進法國的義大利劇團(la commedia della'arte),該劇團在1697年因所排演的劇本《假正經

---

9 莫札特將玻馬榭的西班牙三部曲之一──《費加洛的婚禮》(*Le Mariage de Fagaro*, 1784)譜成歌劇,使其成為家戶喻曉的世界音樂、文學名作。

的女人》（*La Fausse Prude*）疑似影射路易十四的情婦Madame de Maintenon而遭驅逐。1716年，亦即路易十四駕崩的次年，性喜尋歡作樂的攝政王Philippe D'Orléands重新將他們召回巴黎。面對法國劇團激烈的競爭，這些義大利演員開始和法國劇作家合作，演出法文劇本，馬里伏和他們的長期合作關係，於是從此展開。

La commedia della'arte原指起初的職業劇團，此類劇團以團長和其家人爲基本成員，再對外招募團員，簽訂合約，如戲班學徒般學習演戲並公開演出。它的主要角色有六：兩個貪婪自負的中產階級老年人（一是威尼斯商人Pantalon、一是波隆尼[10]的法官或庸醫）和兩個個性迥異的僕役[11]，他們均戴著面具演出，故誇張的肢體動作遠比臉部表情重要。和這四個角色相對的，是一對年輕戀人，他們不戴面具，穿著和語言正式得體，爲了兩人的結合，在詭計多端的僕役協助之下，與前述兩個固執、自私的老人[12]周旋抗爭。

義大利喜劇無論在創作、內容或演出方面，皆與傳統法國古典喜劇迥然不同。法國喜劇創作規則嚴謹[13]，內容以嘲笑、諷刺人性弱點爲主[14]，希望在娛樂大眾之餘，能兼負教導與匡正人

10　Bologne，義大利城市。

11　即丑角（les zanni），見稍後的介紹。

12　他們通常是年輕戀人的父母、長輩或監護人。

13　古典戲劇創作必須符合「三一律」的規定：單一時間、單一地點，單一情節（unités de temps, de lieu et d'action）。

14　如古典風俗劇（la comédie de moeurs）和性格劇（la comédie de caractères）。

心的功能[15]，因此即使是喜劇，仍有其嚴肅的一面。反觀義大利喜劇則沒有詳列臺詞的劇本，演員只是依主題和大綱[16]即席演出，所以自由度極大，不但劇情充滿歡笑和想像的空間，演出的成功與否，也和演員的反應及個人特質息息相關。

　　馬里伏創作初期、以及幾齣最受好評的劇本，便是爲這些義大利演員量身定做的。他的人物均帶著他們的影子，有時甚至以他們的名字命名，其中觀眾最耳熟能詳的就是雷里歐（Lélio）、芙拉米妮雅（Flaminia）、席勒薇雅（Silvia）、馬里歐（Mario）、提符藍（Trivelin)和阿樂甘（Arlequin)：《雙重背叛》中那位一表人才、溫柔多情，但老是愁眉深鎖、充滿矛盾、痛苦與悲劇性的親王，便是雷里歐本人的寫照[17]；芙拉米妮雅[18]則是個詩才橫溢、心懷城府、充滿權威與自信的女人，她這些特質，在《雙重背叛》中表露無遺；另外，馬里歐[19]談吐優雅、笑容迷人，專演善嫉的第二戀人[20]；提符藍[21]出生於巴黎，法文講

15　戲劇以最直接的方式將人類的七情六慾呈現在觀眾眼前，因而被冠以敗壞風俗人心之罪名。爲此，古典劇作家以教導、改正和娛樂（instruire, corriger et divertir）等三大功能自我辯護。

16　Canevas: 只交待各場與各幕的大綱，其餘則由演員自由即席發揮。

17　Lélio爲藝名，其本名爲Luigi Riccoboni，他是義大利劇團的團長。《雙重背叛》第二幕第三場席勒薇雅台詞前的舞台指示（indication scénique）——「對雷里歐說」，便是馬里伏寫作時想著演員本人，而產生之筆誤。

18　Flaminia爲藝名，其本名爲Elena Balletti，她出身戲劇世家，是團長雷里歐之妻。

19　他本名Mario Balletti，是芙拉米妮雅的親哥哥。

20　Le second amoureux。

21　本名爲Pierre-François Biancolelli，藝名爲Dominique，他亦出身戲劇世家，其父親是首批義大利劇團主角之一。

得最好，專演第一丑角[22]，除了典型的面具外，他身穿飾有三角形、月亮和星星圖案的衣服。而最讓馬里伏心儀的演員，是席勒薇雅[23]。她年紀雖小，演技卻是一流，無論是天真或狡點的角色，女僕或貴婦，少女或老嫗，甚至女扮男裝，演來均自然生動。馬里伏對她讚賞有加，除爲她寫過許多劇本外，還寫了一封公開信[24]讚美她，而她也成爲馬里伏戲劇的代表詮釋者。

　　第二丑角[25]阿樂甘是義大利喜劇中不可或缺的角色。傳統上，阿樂甘戴著黑面具，腰際繫著長棒[26]，身穿全是菱形圖案的彩衣[27]，他和提符藍所飾演的第一丑角一樣，均源自威尼斯喜劇，但兩者確是截然不同的人物：提符藍狡猾、靈活，詭計多端，甚至利欲薰心，平時將喜怒哀樂深藏於心，是個冷漠乏味的人，其角色較接近傳統法國喜劇中的僕役；阿樂甘則是典型的義大利喜劇僕役，他天真淘氣、粗俗莽撞、無憂無慮、好吃懶做，是個笨頭笨腦的鄉下小伙子。除了這些傳統特質，馬里伏尤其喜愛強調阿樂甘戀色迷花、貪愛美食好酒的本性；而美酒嘉餚和女色，也因此成爲別人誘惑、擺布他的利器。在馬里

22　即Le premier zanni。

23　Silvia爲藝名，本名是Zanetta Benozzi，她是馬里歐的妻子，出生於巴黎，加入義大利劇團時只有16歲。

24　Lettre à Mademoiselle Silvia，今收錄於馬里伏散文集（Journaux et Oeuvres diverses）中。

25　即Le second zanni。

26　這長棒原是放牛郎的木棍，象徵阿樂甘卑下的出身，和貴族的長劍成對比。

27　阿樂甘的衣服原是由五顏六色的破布補成，漸漸才演變成菱形圖案的彩衣。

伏的喜劇中，阿樂甘這角色由義大利劇團的威尼斯人多馬三[28]擔綱。多馬三是全團法文講得最差、進步也最慢的人[29]，但是個子矮小的他藝高人膽大，不但擅長馬戲團空中飛人的驚險彈跳，還具備默劇小丑的天分，他以個人特有的滑稽表情、手勢、與動作，征服了觀眾的心。馬里伏深知多馬三的魅力，近半數的作品均有他的角色，其中一部並以「阿樂甘[30]」為名[31]。多馬三於1739年去世後，阿樂甘一角也自馬里伏的喜劇中消失，由此可見馬里伏對他的器重。

　　但是馬里伏並非一味抄襲義大利喜劇，他截長補短，成功地將之法國化。除了撤棄義大利喜劇中粗俗的插科打諢、驚險誇張的動作[32]外，他突顯演員的個人特質，保留其角色的傳統特色，再將義式歡樂與法式感性和幽默結合，加之以細膩的情感和心理分析，以及當時流行於沙龍的優雅對白、令人莞爾的情境，寫成符合當時民情與法國觀眾口味的法式喜劇。

28　本名Tomaso Vicentini，Thomassin是藝名。

29　因此，在《愛情與偶然狂想曲》中，粗俗的阿樂甘與高貴的主人多杭特調換角色，由操著一口不標準法文的阿樂甘充扮高貴的主人，更能製造喜劇效果。

30　那是他為義大利劇團所寫的第二齣戲——《愛情調教下的阿勒甘》（*Arlequin poli par l'amour*）。

31　馬里伏似乎特別欣賞阿勒甘這角色，除了戲劇以外，他的散文集及小說中的男主角，無論是在個性或談吐上，經常帶有阿樂甘的影子。

32　Les lazzi，主要是誇張的手勢和嘴形（面具只蓋住眼、鼻等部位）的變化，及持有杯盤等道具在舞台上彈跳、翻筋斗。義大利喜劇中，演員戴著面具，無法靠臉部表情發揮演技，只好以誇張的肢體動作取勝。

愛情喜劇——「愛的驚喜」

馬里伏之喜劇有別於傳統古典喜劇[33]，多為一至三場的中、小型喜劇，內容包羅萬象，有寓言神話、愛情冒險故事，亦有反映社會風俗民情、富含哲理的主題，而他最擅長、產量也最多的，莫過於愛情喜劇。十八世紀的喜劇，不是承襲自莫里哀以來描寫怪人怪癖的情節劇、風俗劇以及性格劇[34]，就是哲學家為宣揚個人理念而寫的諷刺劇或道德劇，而馬里伏卻大膽地擺脫傳統的束縛，另闢天地，開創了空前絕後的法式愛情喜劇。

馬里伏的愛情喜劇有多項重要創新。相較於義式喜劇，雖然兩者同以愛情為主題，但義式喜劇對愛情的刻畫表面而膚淺：阻礙年輕戀人結合的因素，不外是些張冠李戴和誤會（quiproquos）的累積，目的只為博得觀眾的掌聲和歡笑，不似馬里伏劇中人心理之矛盾與複雜；相較於法國傳統古典戲劇，馬里伏的喜劇則充分「內心化」：過去劇情的核心往往是描述一對年輕戀人面對兩人結合的阻力之奮鬥過程，他們的愛情或受到父母、長輩的阻撓[35]，或是與社會觀念、個人之道德、責任感，甚或家、國之利益相衝突[36]；在馬里伏的喜劇中，男女主角所面對的阻力，不再來自外在的人、事、物，而是屬於個人內心層面的問題：劇中的年輕人，有的是貌美、富有的寡婦，有的則

---

33 古典喜劇多為五場的長劇。

34 "comédies d'intrigue, de moeurs et de caractères."

35 這些長輩通常是行徑可笑的怪人，因著宗教、財富、或個人私情，阻撓年輕人的愛情。在這樣的劇情中，他們才是真正的主角，年輕戀人及其戀情只為了突顯其怪異行徑。

36 這些是古典悲劇的劇情核心。

是父母雙亡、單獨繼承大筆財產的貴族子弟；若他們的父母健在，馬里伏筆下的父母則多半開明、期待兒女幸福且尊重兒女的決定[37]。因此，男女主角對自己的情感通常有充分的自主權，但是卻爲了種種因素[38]，堅持個人的執著，不願、也不敢輕易嘗試愛情，因而拒絕唾手可得的幸福。

　　馬里伏的愛情喜劇中所描寫的，便是這類頑強的心在愛神突然降臨時的反應。我們可以用「愛的驚喜」[39]來概述這歷程：幕起時，男女主角對愛情退避三舍或對眼前的機會（追求者、佳偶）漠不在乎，他們揭穿愛情的虛縹，甚至嚴辭批評迷信愛情的人；但是很快地，愛情在不知不覺中，占據了他們的心[40]；當他們察覺自己心緒的變化與起伏時，顯得懊惱而恐慌。《愛情與偶然狂想曲》中，主角多杭特的吶喊——「我真是不知所措，這件事令我六神無主，我該怎麼辦？」，幾乎成了馬里伏主人翁的共同台詞（leitmotiv），也是他們迷失在所抗拒的愛情中，心情的共同寫照。面對愛情的迷惘，他們先是對自己及外人否認，內心則設法要釐清這陌生的情感，理智地與它抗爭到底，或者乾脆以逃避來擺脫它的轄制；但是愛情的魔力畢竟所向披靡，他們最後終於在落幕前一刻降服於愛情，被迫向自己及旁人坦承心意。[41]

37　如《愛情與偶然狂想曲》中的奧何岡老爺。

38　參見本導讀頁 xviii -xix。

39　La surprise de l'amour，馬里伏甚至以此做爲兩齣戲的戲名（*La Surprise de l'amour / La Seconde Surprise de l'amour*）。

40　因此有些評論形容馬里伏戲劇裡的戀愛屬於「一見鍾情」式的愛情。

41　Valentini, P. Brady 在 *Love in the theatre of Marivaux* 一書中，將馬里伏人

　　在馬里伏之前，喜劇作家所刻畫的是人物外在的可笑行徑，描述的是外在事物的進展、困難和障礙如何被克服與化解；而馬里伏強調的是男女主角內心的變化，他所呈現在舞台上的，乃是他們如何在愛情的催化及旁人的作弄下，探索自我、尋找真我的過程。他的人物在劇中成長、蛻變，這樣的創作手法史無前例，只有馬里伏能在戲劇體中，像小說般地詳細分析、解剖人性，將劇情的「內心化」（la comédie s'intériorise）描寫得如此透徹、鮮活和細膩。

　　二十世紀初的評論喜歡把馬里伏的喜劇形容成一個殘忍的戲劇。這戲劇的特點之一，就是盡量將懸疑、未知與未定拖得又長又久。在這段「煎熬期」，男女主角內心各種情愫與矛盾交雜湧現，他們雖然害怕且拒絕眼前的愛情，卻又因虛榮和自尊心作祟，希望贏得對方的喜愛，掌控對方，肯定自我。而他們這些起伏、反覆的心路歷程，就是劇情。在這樣的戲劇中，男女主角就像實驗室裡的白老鼠，在作者、觀眾、和其他劇中人物的共謀（connivence）及作弄下，被逼到死角，與陌生的情感交戰，從頭到尾處於焦慮和未知當中，唯有在向愛神投降時，才得以解放；而觀眾和其他人物就像個虐待狂，以觀察他們的

物墜入情網後的歷程歸納為三個階段：第一階段是初遇、情緒激動、迷惘（encounter-emotion-confusion）；當人物意識到自己情緒的起伏時，便進入第二階段——求助於理智（或驕傲）（a call for help from his rational self :reason（and/or pride）；第三階段則是理智的挫敗（defeat），此時人物便陷入死胡同（impasse），因迷惘而心情惡劣，必須等到他臣服於愛情時，才能得到完全的釋放，幸福快樂也隨即而來。（*Love in the theatre of Marivaux,* Droz, 1970, p.29-30）

慌張和焦慮、無助和屈辱爲樂，並在他們潰敗投降時，發出勝利、得意的微笑。

這樣的手段，也許殘忍，但是卻立意良善。因爲，對這對年輕人而言，這場「愛情的考驗」不僅讓他們認識愛情、互相了解對方，當他們最後尋回迷失在愛情中的自我之同時，也與先前因種種因素而抹殺、扭曲的真我和好。因此，幕落時，男女主角已能成熟地進入婚姻，面對人生其他的挑戰。

爲了呈現男女主角的心路歷程，馬里伏在劇中安插了僕役的角色。這些僕役和其主人一樣，通常成雙成對，他們的相遇和相戀，與主人有對稱或互相應照的關係。相較於主人間的含蓄和曖昧，他們的言詞露骨得多；出身低下，也較現實的他們，總是比主人更早看清事實，並迅速接受它或適應它，因而對拒絕愛情、或已陷入愛情迷陣的主人，扮演著「旁觀者」與「催化劑」的雙重角色。由此，馬里伏的喜劇經常是戲中戲：當主人迷失在愛情中，不知所措時，他們的僕役有如導演，冷眼旁觀主人的言行，再熱心地爲他們指點迷津，或毫不留情地揭穿他們心中真正的想法，巧妙地將主人引出自設的死胡同；而六神無主的後者就這麼任其擺布，不知不覺地成爲不知情的演員，在旁人的精心設計下，成爲愛情的戰利品。一場戲中戲從排練到演出，便如此呈現在觀眾眼前，而期間觀眾和這些「導戲者[42]」的默契漸成，站在同一陣線觀賞戲中戲[43]，不時同爲手

42　一般評論稱他們爲「導戲者」（meneur du jeu），有的學者如Jean Rousset 則稱之爲「旁觀者」（personnage regardant）或「目擊者」（personnage témoin）（Jean Rousset, "Marivaux ou la Strucature du double registre",

足無措的男女主角之窘態和難堪，發出會心的一笑，這正是這類喜劇的幽默所在。

馬里伏式的風格（Le marivaudage）

為了能夠貼切地描述這麼細膩的情感、探索這複雜的心理變化，馬里伏創造了他特有的語言——"le marivaudage"（馬里伏式的風格）。"Le marivaudage"就像當時流行於貴族沙龍之會話[44]，「優雅」、「精湛」、「細緻」、「精巧」、「講究」，均是它的同義詞。人與人之間的微妙關係，就靠簡短的一字一句和小小的肢體語言編織堆砌而成，即使是一個眼神、一個手勢、一聲嘆息、一個上揚的語調，甚至片刻的沉默，都充滿暗示，並能帶動劇情的進展。

一般古典戲劇裡的對話多圍繞著一個主題加以闡述發揮，人物的台詞通常比較冗長，長篇獨白（tirade/monologue）更是為數不少；馬里伏戲劇的對白則是簡短[45]而緊湊，其中尤以「重複

---

dans Forme et Signification, Corti, 1962, p.45-64.）。就《愛情與偶然狂想曲》而言，此「導戲者」的「戲」（jeu）包含雙重意義，一是「遊戲」，一是「戲劇」。

43　觀眾能看到各組人物在不同場、幕的對話，居此「戲中戲」（戲劇/遊戲）組合的最外圈，對於人物的心情起伏和劇情的進展，得到的資訊最多，許多雙關語（mots à double entente），也只有他能全盤掌握，因此賞戲所得的樂趣也最多。

44　馬里伏在《不得體的誓言》（*Les Serments indiscrets*）之「致讀者」（Avertissement）中，便明白指出他在戲裡所欲呈現的風格，就是一般談話的風格。（"A l'égard du genre de style et de conversation […], c'est le ton de la conversation en général que j'ai tâché de prendre."）

45　根據學者統計，平均一個人物一次的台詞約只有兩行，也就是15至20

對話者的台詞」(la reprise des mots)爲最大特色。在這類對話中，
人物應答接話時，並非各自用自己的話語，圍繞著同一個主題
闡述意見或陳述事實；而是以重複對方最後一句話的少數幾個
關鍵字或整句話爲開始，評論對方的話，再直接導入自己的意
見。對戲的雙方台詞一句句地相互追逐、扣連，有如接力賽跑
的選手，配合緊密地一搭一唱；他們仔細地聆聽對方說話，在
最重要的時刻切入，因此也有如網球比賽交戰的雙方，在瞄準
對方所發的球後，迅速地將球回擊給對方，兩人激烈地你來我
往，而球在雙方的球場都不至逗留太久[46]。這樣的接話方式除了
受沙龍談話的影響外，也源自義大利喜劇。如我們前面所述，
義式喜劇沒有完整的腳本，演員只是依循主題和大綱的提示，
憑著個人機智，隨興接續對戲演員的一字或一句即席演出。

　　「重複對話者的台詞」的對話方式可以營造不少效果。除
了讓劇情更加活潑、緊湊、令人屏息外，對戲的雙方因個人身
分地位、社會背景或立場不同，對於相同的文字也可能有不同

個字。（Frédérique Deloffre, *Une préciosité nouvelle, Marivaux et le Marivaudage*, Slatkine Reprints, 1993, p.196-197.）

46　這類的對話在本譯作的兩齣戲中比比皆是，在此試列舉其中一小段
（《愛情與偶然狂想曲》第一幕第一場）：席勒薇雅：「……人們說他
一表人才，這才糟糕呢！」麗芷特：「糟糕！糟糕！您的想法可真奇
怪啊！」席勒薇雅：「這想法完全合情合理。我注意到，長得一表人
才的男子，通常自命不凡。」麗芷特：「自命不凡的確不對，可是他
長得一表人才呢！」……席勒薇雅：「英俊瀟灑、風度翩翩，全是多
餘的外在條件，我並不要求這些。」麗芷特：「該死！如果我結婚，
這些多餘的東西，全都是我的必要條件。」（為突顯對話時重複對方台
詞之處，我們特將之加底線表示。）

的理解方式；而不同的詮釋有時造成雙方誤會，有時則形成有趣的文字遊戲，帶來不少喜劇效果，而這效果往往只有冷眼旁觀、了解全局的「導戲者」和觀眾最能體會。因此，文字的細緻和語言的敏感度，在馬里伏的戲劇中，占有舉足輕重的地位，是其創作的精髓。

然而馬里伏並非完全拒絕使用長篇獨白。當劇情進入高潮或人物情緒激動時，長篇獨白也逐漸增多。而馬里伏尤其喜愛為他所欣賞的女演員席勒薇雅編寫長篇獨白，使她的演戲天分得以有更大的發揮空間。

有了「重複對話者的台詞」式的對話，馬里伏並不需要靠一般古典戲劇中的「陳述文」[47]來推進劇情，因為人物間一個接一個、咄咄逼人的精彩對白接話，已清楚地呈現、並交代他們內心情愫的誕生，漸次刻畫出他們墜入情網時的驚恐與徬徨，以及最後因投降所帶來的喜悅和輕鬆。在馬里伏的戲劇中，人物的對白本身（而非其內容）便是情節，它是劇情進展的動力。值得順帶一提的是，僕役們為了模仿主人貴族式的優雅應對，在畫虎不成反類犬的效應下，形成「可笑的矯揉造作」[48]，更添增不少的喜劇效果。

47　"récit d'exposition"：古典戲劇中，人物藉著長篇獨白或對話，向觀眾說明自己的心情、或交代劇情的來龍去脈。

48　「矯揉造作之風」(la préciosité)盛行於17世紀貴族沙龍，騷人墨客為引人注目，談話中特別注重言詞和情感的細膩表達方式；而胸無點墨的假才子只講究言談的外在，內容空洞不自然，東施效顰的結果，形成「可笑的矯揉造作之風」(la préciosité ridicule)。17世紀後半葉，「可笑的矯揉造作」在新興的中產階級中更是蔚為風潮。

　　事實上，動詞"marivauder"與名詞"le marivaudage"原是由馬里伏的名字（Marivaux）而來，如今指的是優雅的談情說愛、細膩的感情分析，或代表一種敏銳的思考方式和道德論述（dissertation morale）；然而在馬里伏的時代，情況並非如此：他的文筆在當時仍奉古典主義爲圭臬的大家眼中，仍屬異類[49]；此外，18世紀爲理性主義的世紀，是哲學家的時代，心思敏銳、講究細膩情感分析的馬里伏處於這樣的背景下，難免顯得格格不入。態度狂妄、言詞尖酸苛薄的伏爾泰，便批評他是雞蛋裡挑骨頭，「以蜘蛛網做成的磅秤來度量蒼蠅蛋的重量」[50]。而"marivauder"與"le marivaudage"便在同樣的情況下流傳開來[51]，它最初帶有貶意，指的是矯揉造作、吹毛求疵的談話方式或寫作風格。

　　針對這類的誤解和批評，馬里伏屢次在他的小說前言和散

49　在十七世紀後期，作家Charles Perrault作〈路易大王的世紀〉（Le Siècle de Louis le Grand）（1687）一文，挑起了「古典和現代之爭」（Querelles des Anciens et des Modernes）。古典派作家認爲一切的文學創作，在古希臘羅馬時期已達巔峰，後代無法超越，只能模仿古人的作品，設法同中求變而已；而現代派學者則認爲人類心智的進展表現在各方面，不只是科學，語言及文藝的創作也會隨時代進步，他們主張求新求變，締造出比希臘羅馬古人更輝煌的成果。這爭論使文壇形成兩大陣營，雙方唇槍舌劍，你來我往激烈筆戰，此現象並持續延燒至18世紀。而馬里伏很快便投入現代派陣營，不僅文筆屬新古典學派（le néologisme），在其散文集中也經常直接討論這方面的問題，爲現代派辯護。

50　"peser des oeufs de mouche dans des balances de toile d'araignée".

51　這兩詞語的確切來源不可考，可以確定的是，它在馬里伏仍在世時便已流傳。

文集中自我辯解。他表示，當一個心思細膩、感覺敏銳的作者
深入思考某些主題時，自然會產生不同於一般的想法。為了貼
切地表達這些細膩的思想，他必須使用較罕見的言詞，所以他
並不是標新立異，只是不願以一般陳腔濫調，來表達平凡的思
想[52]。但是即使他再三辯解，他的風格仍然不能見容於深受傳統
影響以及哲學思考訓練的評論家和文學家，因此馬里伏的戲劇
在當時雖然賣座，深獲一般大眾的喜愛，在同行當中卻是排擠
和嘲諷多於讚美。

　　到了19世紀，馬里伏的風格在同樣著重內心情感世界的浪
漫派作家當中得到極大迴響；而20世紀更是馬里伏作品的大復
興期，不僅劇作家從他的創作中尋找靈感，現代觀眾在其人物
之複雜心情當中找到認同感、探索自己的徬徨，文學批評也重
新研究、思考他的作品，肯定他的價值，終於重新給予"le
marivaudage"一個名實相符的定義。

三、《雙重背叛》和《愛情與偶然狂想曲》

劇情摘要

　　《雙重背叛》和《愛情與偶然狂想曲》是馬里伏最受歡迎、
也是演出紀錄最多的作品。《雙重背叛》於1723年首演，敘述
一對淳樸的鄉下戀人阿樂甘和席勒薇雅，如何在朝廷優渥炫麗
的物質環境之誘惑和旁人的精心設計下，雙雙移情別戀的經

52　參見《哲學家的書房》第六卷（*Le Cabinet du Philosophe*, 6e feuille）。

過。《愛情與偶然狂想曲》則發表於1730年，主角是一對即將
奉父母媒妁之言結婚的年輕人多杭特和席勒薇雅，他們分別在
對方不知情的情況下，與自己的僕人（或女僕）交換身分，希
望在婚前先暗中觀察對方；孰料兩人均愛上對方的僕人（也就
是父母為他們所安排的對象）而無法自拔，經過幾番內心的矛
盾與掙扎，終於真相大白，圓滿落幕。

馬里伏的愛情觀

　　《雙重背叛》和《愛情與偶然狂想曲》皆以愛情為核心，
因此我們必須特別談談馬里伏的愛情觀。

　　馬里伏人物的愛情，屬於「矯柔造作文學」（la littérature
précieuse）裡的愛情。「矯柔造作文學」盛行於17世紀後半期[53]，
主要以*L'Astrée*和*La Clélie*[54]等長篇小說裡的愛情觀為依歸。古典
時期受到「冉森教派」[55]風行的影響，對人性及愛情的看法基本
上是悲觀的：在以往的愛情小說裡，愛情是一切英勇行為的動
力，然而古典時期小說[56]對愛情的看法卻經常是負面、軟弱、罪

53　十七世紀文學大致分為兩時期，前半期為強調鋪張和華麗的巴洛克時
　　期，後半期則是注重理性與和諧的古典時期。

54　*L'Astrée*（1607-1619）為Honoré d'Urfé所著，*La Clélie*（1654-1660）則是
　　Madeleine de Scudéry的作品，兩者均為矯柔造作文學的代表作。其中
　　*La Clélie*更附有「溫柔鄉地圖」（la carte du Tendre），溫柔鄉是寓言中
　　的境地，其居民成天只管談情說愛，「溫柔鄉地圖」以一些地理上的
　　符號象徵性地繪出依矯柔造作文學原則所發展出的激情之演進過程。

55　"Le jansénisme"，其基本教義認為上帝的恩典是預定的，人類無法憑
　　自己的行為和意志得到救贖。

56　代表小說是Madame de la Fayette所著之*La Princesse de Clèves*（1678）。

惡，甚至會致命的。矯柔造作文學作者認為「激情」（passion）與「尊重」（estime）兩者無法相容，一個女人若接受情人的愛，就會失去他的尊重，最後甚至遭到拋棄。因此矯柔造作文學裡的女主角（les Précieuses）多半害怕婚姻，她們理性地抗拒激情，拒絕婚姻，而講究純潔、經過淨化的柏拉圖式愛情。

馬里伏的人物對婚姻亦抱持著類似的看法。基本上，他們害怕墜入情網，認為愛情使人失去自由、理智和平靜，而幸福、持久的愛情經常只是幻夢。若要細分，女性往往出於自尊、自我保護、或女性的羞赧和矜持而遠離愛情，男性則奉行當時上流社會年輕男子間所流行的風尚，對愛情和婚姻抱持著桀驁不馴、敬而遠之的態度，其中最典型的便是《被糾正的紈袴子弟》（*Le Petit-Maître corrigé*）之男主角Rosimond。《愛情與偶然狂想曲》的女主角席勒薇雅在第一幕第一場向其女僕麗芷特所描述的，就是落入不幸婚姻的女人之下場；而男女主角多杭特和席勒薇雅不願僅遵父母媒妁之言而成婚，謹慎地堅持在婚前先觀察對方，也同樣是出於對婚姻的顧忌。

馬里伏本人對愛情的觀感和他的人物大致相同。他認為人無法掌控自己的心，所能把握的，只是理智和行為而已，所以無論是婚姻或男女交往，熱情過後，就需要細心經營、維持，為自己的行為和選擇負責。

他在他的散文集裡，對這方面問題有很多的討論和觀察，我們試舉其中最典型的一處：「關於感情，它並不屬於我們，我們無法保證它久久長長，我們只是掌控我們的行為，保證它

忠誠不渝而已，道理就是這麼簡單。」[57]

　　馬里伏認為，當一對情人或夫妻不再花心思去吸引對方、不再互相討好、注意對方時，他們的愛情就已經在走下坡；而婚約或海誓山盟只是約束雙方在愛情已逝時，仍舊維持原來的行為模式之方法而已。而一對夫妻的職責，就是要像相愛的戀人一樣，時時注意、關心對方的感受，如此愛情才能長久，婚姻才能維持；而「習慣成自然」式的感情或婚姻，是無法長久幸福快樂的。

　　因此，在《雙重背叛》最後一場，當席勒薇雅和阿樂甘都各自找到心上人，整齣戲似乎就要圓滿收場時，阿樂甘卻做了一個不尋常的結論[58]，為兩對情侶的未來投下問號。

結語

　　成功地翻譯馬里伏的戲劇可說是一個不可能的任務。正如我們前面所述，馬里伏的作品在法國戲劇史上獨樹一幟，無法歸類；「馬里伏式的風格」結合了歷史文化背景、法語本身的優雅細膩，和太多的雙關語及文字遊戲，是其他語言所無法忠

57　"[…] à l'égard du coeur, on ne peut se le promettre pour toujours, il n'est pas à nous, mais nous sommes les maîtres de nos actions, et nous les garantissons fidèles, voilà tout […]" 參見《法國觀察家》，第十六卷（*Le Spectateur français*, 16e feuille）等。

58　「現在，我不在乎被我們的友誼給耍了。等著瞧吧！不久以後，我們也會以牙還牙。」（"A présent, je me moque du tour que notre amitié nous a joué ; patience, tantôt nous lui en jouerons d'un autre."）

實、貼切地表達的。我們甚至可以說，馬里伏的戲劇無法以法語以外的任何其他語言演出，因為，觀眾在欣賞演出的時候，單就翻譯語言表面的意思，無法真正體會其中的幽默和旨趣。藉著本導讀和譯文中無數的注解，我們希望能夠稍微彌補這樣的缺憾，讓讀者藉著閱讀來了解馬里伏，欣賞他的戲劇。

馬里伏年表 [1]

1688　馬里伏原名皮耶爾、卡爾勒（Pierre Carlet），1688年2月4日生於巴黎。父親尼古拉、卡爾勒（Nicolas Carlet）任職於政府的海事部（la Marine）。

1698　尼古拉、卡爾勒購得里翁（Riom）[2] 鑄幣廠督察一職，並於六年後被指派爲該廠廠長。

其間馬里伏就讀於天主教奧哈多修會所辦的學校（collège des Oratoriens）。

1710　馬里伏離家前往巴黎研讀法律 [3]。

1712　《謹慎公正的父親》（*Le Père prudent et équitable*）首演並出版。

1713　出版小說《友誼令人意外的果效》（*Les Effets surprenants*

1　馬里伏在其著作中，對個人的生活少有著墨，因此有關馬里伏的生平，正確可考的相關資料並不多，後世許多研究也多半止於臆測，故本年表僅登錄馬里伏生平的重要事蹟和著作。

2　參見導讀注釋3。

3　但他並未專心於學業，也未參加考試，最後半途而廢。

de la sympathie)之一、二部。

開始出入藍貝爾侯爵夫人[4](Madame de Lambert)之沙龍。

1714　出版《陷入泥濘中的馬車》(*La Voiture embourbée*)、《友誼令人意外的效果》之三、四、五部及《比爾玻蓋球》[5](*Le Bilboquet*)。

1716　出版《滑稽的伊里亞德》(*L'Iliade travestie*),並首次署名卡爾勒、德、馬里伏(Carlet de Marivaux)。

1717　與歌瓏菠、柏蘿妮(Colombe Bollogne)在巴黎舉行婚禮。《巴黎人書簡》(*Lettres sur les habitants de Paris*)開始在《梅爾邱報》[6](*Le Mercure*)連載(1717-20)。

1718　女兒歌瓏菠、菠爾絲貝爾(Colombe-Prospère)出世。《情感之旅書簡》(*Lettres contenant une aventure*)開始在《梅爾邱報》連載(1719-20)。

1719　馬里伏的父親在里翁逝世。

1720　喜劇《愛情與真相》(*L'Amour et la Vérité*)上演。喜劇《愛情調教下的阿樂甘》(*Arlequin poli par l'amour*)上演。

4　藍貝爾侯爵夫人(1647-1733)本人也是作家,當時不少文壇重要人士如 Fontenelle, Fénelon 等人均是藍貝爾侯爵夫人沙龍的常客。馬里伏便是在此練就他的沙龍式談話書寫技巧,並加入「現代派」(參見導讀〈愛中的徬徨與愛的驚喜〉注釋49)的陣營。

5　一種遊戲球,其中一端是根棒子,另一端是顆鑽有孔洞的球,兩者之間以一細繩連接,玩遊戲者必須將球拋出後再以棒子接回。

6　《梅爾邱報》創於1672年,是法國最早的期刊之一,曾數度更名,其中最為人熟知的為 *Le Mercure Galant* 和 *Le Mercure de France*。

悲劇《阿尼巴爾》(*Annibal*)上演。

1721　散文《法國觀察家》(*Le Spectateur français*)開始連載
（1721-24）。

1722　喜劇《愛的驚喜》(*La Surprise de l'amour*)上演。
喜劇《雙重的背叛》(*La Double Inconstance*)上演。
馬里伏夫人去世。

1724　喜劇《喬裝的王子》(*Le Prince travesti*)上演。
喜劇《假女僕》(*La Fausse Suivante*)上演。
喜劇《令人意外的結局》(*Le Dénouement imprévu*)上演。

1725　喜劇《奴隸島》(*L'Ile des esclaves*)上演。
喜劇《鄉下繼承人》(*L'Héritier de village*)上演。

1727　喜劇《愛的驚喜(二)》(*La Seconde Surprise de l'amour*)
上演。
散文《哲學家乞丐》(*L'Indigent philosophe*)連載出版。
喜劇《理性之島》(*L'Ile de la Raison*)上演。

1728　喜劇《普魯杜斯之勝利》(*Le Triomphe de Plutus*)上演。
喜劇《新殖民地或女人聯盟》(*La Nouvelle Colonie ou la
Ligue des femmes*)上演。

1730　喜劇《愛情與偶然狂想曲》(*Le Jeu de l'amour et du hasard*)
上演。

1731　小說《瑪麗安娜的一生》(*La Vie de Marianne*)出版。
喜劇《愛神的聚會》(*La Réunion des Amours*)上演。

1732　喜劇《愛情的勝利》(*Le Triomphe de l'amour*)上演。
喜劇《不得體的誓言》(*Les Serments indiscrets*)上演。

喜劇《母親學院》(*L'Ecole des mères*)上演。

1733　喜劇《令人滿意的計謀》(*L'Heureux Stratagème*)上演。

1734　散文《哲學家的書房》(*Le Cabinet du philosophe*)連載出
版。

喜劇《誤會》(*La Méprise*)上演。

喜劇《被糾正的紈 子弟》(*Le Petit-Maître corrigé*)上演。

小說《飛黃騰達的鄉下人》(*Le Paysan parvenu*)出版。

1735　喜劇《母親知己》(*La Mère confidente*)上演。

小說《滑稽的苔樂馬克》(*Télémaque travesti*)出版。

1736　喜劇《遺贈》(*Les Legs*)上演。

1737　小說《法何撒蒙或浪漫瘋狂曲》(*Pharsamon ou les Folies
romanesques*)出版。

喜劇《虛假的知心話》(*Les Fausses confidences*)上演。

喜劇《令人意外的喜悅》(*La Joie imprévue*)上演。

1739　喜劇《誠懇的人》(*Les Sincères*)上演。

1740　喜劇《考驗》(*L'Epreuve*)上演。

1741　創作喜劇《長舌婦》(*La Commère*)。

1742　馬里伏當選為法藍西學院[7]院士。

1744　喜劇《爭吵》(*La Dispute*)上演。

1745　女兒歌瓏菠、菠爾絲貝爾進入修道院成為修女。

1746　喜劇《被克服的偏見》(*Le Préjugé vaincu*)上演。

1750　喜劇《殖民地》(*La Colonie*)上演。

7　參見導讀〈愛中的徬徨與愛的驚喜〉注釋5。

1755　喜劇《忠貞的妻子》（*La Femme fidèle*）上演。

1757　劇本《菲麗希》（*Félicie*）與《輕浮的情人》（*L'Amante frivole*）
　　　為法藍西劇院所收錄。
　　　喜劇《真心誠意的演員》（*Les Acteurs de bonne foi*）出版。

1758　馬里伏病魔纏身，開始撰寫遺囑。

1761　喜劇《外省婦人》（*La Provinciale*）出版。

1763　馬里伏病逝於巴黎，享年75歲。

目次

導讀 ……………………………………………………………… i

馬里伏年表 ……………………………………………………… xxiii

雙重背叛 …………………………………………………………… 1

　劇中人物表 …………………………………………………… 3

　第一幕 ………………………………………………………… 5

　第二幕 ………………………………………………………… 51

　第三幕 ………………………………………………………… 97

愛情與偶然狂想曲 …………………………………………… 133

　劇中人物表 ………………………………………………… 135

　第一幕 ……………………………………………………… 137

　第二幕 ……………………………………………………… 171

　第三幕 ……………………………………………………… 209

雙重背叛

三幕喜劇

劇中人物表

親王

爵爺

芙拉米妮雅　　親王僕人之女

麗芷特　　　　芙拉米妮雅的妹妹

席勒薇雅　　　親王和阿樂甘所愛的對象

阿樂甘

提符藍

一群僕役

一群宮女

地點：　　　王宮

第一幕

【第一場】

人物	席勒薇雅、提符藍、和幾個隨侍在席勒薇雅身旁的俾女
	（席勒薇雅慍怒貌[1]，欲離去）
提符藍	慢點！小姐，請聽我說。
席勒薇雅	你[2]真令人厭煩。

1　在本場當中，席勒薇雅的憤怒主要透過為數眾多的驚嘆和疑問句、長
　　篇獨白（tirades）、以及「重複對話者的台詞（reprise des mots）」等方
　　面表現出來。有關長篇獨白、和「重複對話者的台詞」在馬里伏戲劇
　　中之重要性與普遍性，請參見導讀〈愛中的徬徨與愛的驚喜〉，頁
　　xiii-xv。接下來的譯文中，我們不再重複有關「重複對話者的台詞」
　　對話方式的說明和提示，請讀者自行注意，才能真正體會「馬里伏式」
　　的對話風格。

提符藍　　　您是不是應該理智點[3]呢？

席勒薇雅　　（不耐煩）不，我不應該理智，而且永遠不會變得理智。

提符藍　　　可是……

席勒薇雅　　（怒貌）可是我絲毫不想變得理智，就算你再重複五十次「可是」也無濟於事。你還想怎麼樣？

提符藍　　　您昨晚吃得那麼少，如果今天早上什麼也不吃，會生病的。

席勒薇雅　　我偏偏痛恨健康，病了最好。你還是叫人把東西全部拿走吧！因為我今天既不想吃早餐，也不打算進午餐，晚飯也一樣[4]，明天也是。你們拆散我和阿樂

2　法文中「你」"le tutoiement"和「您」"le vovoiement"的用法區隔頗大。現今法文的「你」用於家人、同輩的年輕人、或關係熟稔的朋友之間；對於平常、疏遠、或陌生的關係，彼此之間則以「您」相稱。然在過去，「你」和「您」的區別更嚴格，甚至家人、熟稔的朋友之間，也以「您」相稱，此現象仍存在於現今少數傳統或保守的貴族家庭。「你」和「您」的嚴謹區隔不僅用於書寫時，一般會話當中原則亦同。本譯文中，因中、法語的「你」和「您」區隔不盡相同，我們將原文做了適度的調整與更動，特在此聲明，並會在每次更動之處加以說明。原文中，席勒薇雅以「您」稱呼提符藍，但席勒薇雅在本齣戲中對提符藍的態度是憤怒且厭惡，因此我們在譯文中將之更改為「你」，較符合中文對「你」和「您」的區隔用法。

3　提符藍是出入朝廷的佞臣（courtisan），被派來遊說席勒薇雅，希望她背棄自己的情人，嫁給親王。因此，依他的價值觀，所謂「理智」，便是背信負義，貪愛榮華富貴。

4　原文用的是"déjeuner"、"dîner"、及"souper"，這三個字在當時的用法與現今（午餐、晚餐、宵夜）有所不同："déjeuner"指的是早餐，"dîner"指的是午餐（約在下午兩點食用），"souper"則指晚餐（約在晚間九點食用）。

甘，除非你們改變態度，讓我見到他，否則，我只會火冒三丈，對你們深惡痛絕。我已經打定主意，如果你想把我逼瘋，就繼續勸我要理智，很快便可以達到目的了。

提符藍　當然，我知道您說得到做得到，所以不敢冒險；可是，恕我斗膽……。

席勒薇雅　（更生氣）又來了，你又在可是可是了！

提符藍　您說的是，請原諒我。這次是不小心說溜了嘴，可是我會改過來，不再重蹈覆轍。只是，懇求您考慮……

席勒薇雅　你又故態復萌了，這些什麼考慮不考慮的話，我也不愛聽。

提符藍　（繼續說）……您得考慮，這位對您情深意濃的人，是您的君主啊。

席勒薇雅　他有權利愛我，我阻止不了他，可是，難道我就必須愛他嗎？沒這回事，而且也不應該，因為我做不到，這道理很簡單，連三歲小孩都懂，你們卻不明白。

提符藍　他必須從子民當中挑選一人為后，您想想，他選上的是您！

席勒薇雅　誰叫他選上我的？他有沒有徵詢過我的意見？如果他曾經問我：「席勒薇雅，妳要我嗎？」我會回答他：「不，親王，守婦德的妻子應該愛她的丈夫，然而我卻無法愛您。」理由就這麼單純。但是現在

事情卻完全兩樣，他愛我，啪啦一聲[5]，也沒問問我
的意見，就突然把我給劫持來了。

提符藍 他這麼做，是爲了娶您爲妻[6]啊！

席勒薇雅 如果我不想接受他的求婚，怎麼辦？難道他送禮
物，就該強迫別人接受嗎？

提符藍 您想想，這兩天以來，他是怎麼待您的？大家不是
把您當王妃伺候嗎？看看您是如何備受禮遇啊！多
少的婢女隨侍在側，在他的吩咐下，眾人極力爲您
排憂解悶。親王年輕、殷勤、深情款款，往後您可
以親自驗證；此外，他體貼入微，沒有等到您的首
肯，不願意出現在您眼前，阿樂甘怎麼比得上他？
小姐，您這是鴻運當頭，張大眼睛看看，好好把握
親王的恩寵啊！

席勒薇雅 你倒說說看，親王僱用你和這些俾女，在我身邊遊
說我，是不是交代你們盡說些可悲的歪理[7]，存心惹
惱我？

---

5 席勒薇雅雖是個中產階級女孩，但卻來自鄉村（見本場下文），因此她
所用的字句有時仍然顯得通俗、不夠拘謹。

6 以下提符藍和席勒薇雅的對話，是利用「重複對話者的台詞」技巧，
圍繞著法文「手」字(la main)所做的文字遊戲。片語"vous donner la
main"（直譯為：把手給您）是指「娶您為妻」；因此，席勒薇雅回答：
"que veut-il que je fasse de cette main, si je n'ai pas envie d'avancer
la mienne pour la prendre ?"（直譯為：如果我不想伸手接受，我該如
何處理這隻手？）亦即「如果我不想接受他的求婚，怎麼辦？」

7 即如提符藍所言，為了榮華富貴，棄守誠信之道，並背叛愛情。

提符藍　　噢！是啊[8]！我想我就只會說這些了。

席勒薇雅　既然這樣，結果就和毫無聰明才智沒什麼兩樣[9]。

提符藍　　我再次懇求您開恩，告訴我，我哪裡做錯了。

席勒薇雅　(激動地轉身面對他)是啊！我這就告訴你哪裡做錯了。是啊！我這就告訴你……

提符藍　　小姐，別激動，我無意惹您生氣啊！

席勒薇雅　這麼說，你果真是拙口笨舌。

提符藍　　我願意爲您效勞[10]。

席勒薇雅　既然你願意爲我效勞，又不斷吹噓我在這裡所受的禮遇，爲什麼還派這四、五個遊手好閒的女人，一天到晚監視我？你們奪走我的情人，換來一批婢女，這樣的補償，倒真是不錯[11]啊！這叫我如何喜笑顏開？你們想以笙歌樂舞取悅我，可是，這些與我何干？以前阿樂甘唱得更好。我喜歡自己跳舞，不是看別人跳，你懂嗎？我情願在小村莊做個快活

8　"parbleu"，表示贊同和理所當然。

9　提符藍說"je n'en sais pas davantage, voilà tout l'esprit que j'ai."，其中"esprit"應解釋爲"impression"(我「想」我就只會說這些了)；而席勒薇雅卻玩文字遊戲，以"esprit"的另解"intelligence"(聰明才智)來諷刺他。

10　法文中以僕人"serviteur"、伺候"servir"、服侍"service"等字組成的詞組，如"je suis votre serviteur"、"pour vous servir"、"je suis à votre service"等，是傳統的客套用語，意爲「我願意爲您效勞」、「靜候您的差遣」，也用來告辭或表示肯定的附和。接下來的譯文中，關於類似的用法，我們不再加以說明。

11　席勒薇雅講的是諷刺的反話。

的中產階級[12]，也不要成為豪宅裡哭泣的公主。親王溫柔多情，並非我的錯，是他自己看上我，不是我主動找來的。他年輕殷勤，那是他的福氣，我替他高興；但是請他把這一切，留給和他門當戶對[13]的小姐，把我那可憐的阿樂甘給還我。我不是富家千金，阿樂甘也非豪門大少；他住得不會比我好，既不多金，也不愛慕虛榮。他真心誠意地愛我，而我也以柔情相待。見不到他，我傷心欲絕。唉！可憐的孩子[14]，他現在下落如何？你們會怎麼對待他？他心地善良，現在一定是萬念俱灰，也許，還受到虐待呢！……（她移動身子）真叫人氣憤填膺！我無法再忍受你，請你幫個忙，離開我的視線，讓我靜靜地受苦吧！

提符藍　　您的恭維可真簡短[15]，不過意思很清楚。可是，小姐，您還是放心吧！

席勒薇雅　　你最好還是離開這裡，別再多說什麼了！

12　「小村莊」和「中產階級」二兩詞在此並不相牴觸。當時喜劇作家筆下有一類鄉下中產階級，包括農人、工匠、小資本商人、貴族城堡門房等中間階級，他們有的講土話（le patois），有的並不操土話，僅是用詞通俗，鄉土味濃厚而已。

13　從席勒薇雅的談話看來，她是一個頭腦清楚、有個性、有原則的女孩。相對於她，佞臣提符藍的論調顯得齷齪低下。

14　當然，阿樂甘和席勒薇雅並非小孩，他們年紀再輕，至少也是青少年。因此「可憐的孩子」只是個表同情或親暱的稱呼。接下來的譯文中，關於類似的用法，我們不再重複說明。

15　席勒薇雅長篇大論後，提符藍這麼回答，實在是諷刺的反話。

提符藍　　我再說一次，放心吧！您想念阿樂甘，他很快就會來，我們已經派人去找他了。

席勒薇雅　（嘆了一口氣）這麼說，我可以見到他囉？

提符藍　　還可以和他說話呢！

席勒薇雅　（動身離去）那麼我就等他。可是，如果你騙我，我將不再見任何人，也不再聽任何話了！

　　　　　　（她離去時，親王和芙拉米妮雅從另一頭進來，目送她離開。）

【第二場】

人物　　　親王、芙拉米妮雅、提符藍

親王　　（對提符藍）怎麼樣，有沒有好消息？她怎麼說？

提符藍　殿下，事實上，到目前為止，她的回答，沒什麼值
　　　　　得您注意的，因此無須向您報告。

親王　　沒關係，你還是說吧！

提符藍　唉！殿下，她說的盡是一些無關緊要的瑣事，您聽
　　　　　了恐怕要感到厭煩：她對阿樂甘深情款款、急著和
　　　　　他相聚、毫無意願認識您、堅持拒絕見您、對我們
　　　　　深惡痛絕，這大致就是她目前的態度。您瞧！多令
　　　　　人洩氣。小的斗膽建言，老實說，我們當初從哪裡
　　　　　把她帶來，現在最好把她送回原處。（親王憂傷[16]地
　　　　　沉思著）

芙拉米妮雅 我也對親王說過同樣的話，但是卻徒費唇舌，所以
　　　　　我們只好再接再厲，設法除滅席勒薇雅對阿樂甘的
　　　　　愛意。

16　親王算是一位守法、懂得分寸的明君，因此對於挾持席勒薇雅一事感
　　到不安。這憂傷多慮的親王角色，很適合當初詮釋它的演員雷里歐，
　　這角色可說是專為雷里歐而寫的。（參見導讀〈愛中的徬徨與愛的驚
　　喜〉，頁vi）

提符藍	我覺得這女孩的確與眾不同。像她這樣拒絕親王的恩寵，實在異乎尋常，完全不像一般的女人，是我們前所未見。若是一般女人，事情必可順利進展；但她看來是個特例，我們奈何不了她，還是就此打住吧！
親王	正因為她是個特例，才更加增我對她的情意。
芙拉米妮雅	（笑道）殿下，您就別聽他瞎扯什麼特例了，這些都是童話故事的情節。同為女人，我知道女性特別之處，除千嬌百媚之外無他。席勒薇雅沒有野心，但卻柔情似水，所以，也就不乏虛榮心。針對這虛榮心，我可以把她調教成為一個善盡本分的女人。派人去找阿樂甘了嗎？
提符藍	人派去了，我正等他來呢。
親王	（不安貌）芙拉米妮雅，老實說，我覺得這麼做非常冒險：她一旦見到情人，恐怕更加情深意濃。
提符藍	話說得沒錯。但是她親口告訴我，如果見不到他，她會發瘋的。
芙拉米妮雅	殿下，我跟您說過了，我們需要阿樂甘。
親王	好吧！你們就設法留住他，並且告訴他，若他肯娶他心上人以外的任何女子，我會讓他享盡榮華富貴，集盡恩寵於一身。
提符藍	如果這小子不肯妥協，我們只有來硬的。
親王	千萬使不得。根據法律，我得從子民當中，選娶一人為妃；但是，這法律也禁止我以暴力去對付任何

人[17]。

芙拉米妮雅 您說得對。放心好了，我希望一切能以友善的方式
進行。席勒薇雅已經見過您，但卻不知道您就是親
王，對不對？

親王 我跟妳[18]說過，有一天打獵的時候，我和隊伍走散
了，在她家附近遇到她。當時我口渴，她便端水來
給我喝。我為她的美貌和純樸所動，便向她傾心吐
意。後來，我又同樣以王室軍官的身分[19]見了她五、
六次。然而，即使她總是和顏悅色相待，仍舊不願
意放棄阿樂甘。他曾經兩次撞見我們在一起。

芙拉米妮雅 她不知道您的身分，我們得善加利用這一點。我們
已經告訴她，您不會立刻見她，只要您願意照我的
意思去做，其餘一切由我負責[20]。

17　親王雖派人把席勒薇雅挾持至宮廷，卻希望在娶她為妃之前，先贏得
　　她的心。

18　原文用的是「您」。但親王和芙拉米妮雅是上對下的關係，因此我們
　　將之改為「你」。

19　「偽裝」或「喬裝」(déguisement)承襲自義大利喜劇傳統，在馬里伏
　　的喜劇中占有重要地位。在馬里伏的喜劇中，常見隱瞞真實身分〔如
　　《雙重背叛》(*La Double Inconstance*)〕、交換身分〔如《愛情與偶
　　然狂想曲》(*Le Jeu de l'amour et du hasard*)〕、或女扮男裝〔《假
　　女僕》(*La Fausse Suivante*)〕的情節，在這樣的喜劇中，「偽裝」或
　　「喬裝」便成為劇情的核心。

20　在接下來的劇情當中，我們可以發現芙拉米妮雅是個陰謀詭詐、意志
　　頑強堅定的女人。一如親王的角色專為雷里歐而寫(見注16)，芙拉米
　　妮雅一角也是專為詮釋它的同名演員而寫。(參見導讀〈愛中的徬徨與
　　愛的驚喜〉，頁vi)

親王	（動身離去）我同意照妳的意思去做，若能就此贏得席勒薇雅的芳心，我必會重重犒賞妳。
芙拉米妮雅	提符藍，你去叫我妹妹趕快來，別再讓我久等了[21]。
提符藍	沒必要，她進來了。再見，我這就去找阿樂甘。

21　由此可見，芙拉米妮雅在尚未得到親王的許可之前，就已開始籌畫一切。

【第三場】

人物　　　麗芷特、芙拉米妮雅

麗芷特　　我來了，妳找我有什麼事？

芙拉米妮雅　靠近點兒，讓我看看妳。

麗芷特　　看呀！妳儘管看。

芙拉米妮雅　（端詳她後）是啊！妳今天真漂亮。

麗芷特　　（笑道）這我知道。可是，妳說這做什麼呢？

芙拉米妮雅　把妳臉上這顆輕佻美人痣[22]拿掉。

麗芷特　　（拒絕）不成，這是我的鏡子特別建議我貼上的。

芙拉米妮雅　妳得把它拿下來，聽到了嗎？

麗芷特　　（拿出她的鏡匣，摘下美人痣）這簡直是謀殺！妳爲
　　　　　　什麼要迫害我的美人痣？

芙拉米妮雅　我這麼做自有我的道理。除去這顆美人痣，麗芷特，
　　　　　　妳長得真是高佻又漂亮。

22　「美人痣」(mouche)由一種黑色的絲綢布剪成，用來貼在臉上裝飾用。
　　為了產生不同的效果，「美人痣」可貼在不同的地方，且隨著部位的
　　不同，而有不同的稱呼。例如，「輕佻美人痣」(la galante)貼在臉頰
　　上，「厚顏無恥美人痣」(l'effrontée)貼在鼻子，「風騷美人痣」(la coquette)
　　貼在嘴唇，「深吻美人痣」(la baiseuse)貼在嘴角，「熱情美人痣」
　　(la passionnée)貼在眼角，「莊嚴美人痣」(la majestueuse)則貼在額
　　頭。

麗芷特　　　很多人都這麼說。

芙拉米妮雅　妳喜歡取悅別人嗎？

麗芷特　　　這是我的弱點。

芙拉米妮雅　如果立意良善，妳能不能故作嬌羞純真，對某人表
　　　　　　示傾慕之意，挑起他的脈脈柔情？

麗芷特　　　這就得重提我的美人痣了，妳若要派我出征，絕對
　　　　　　少不了這顆美人痣。

芙拉米妮雅　忘掉妳的美人痣好嗎？不，妳並不需要它。對方是
　　　　　　個單純、未見過世面的鄉下人，他以為我們這裡的
　　　　　　女人，全和他家鄉的村姑一樣嬌羞。噢！這些女人
　　　　　　的嬌羞和我們可不一樣，我們被允許某些行為，但
　　　　　　是在她們的眼裡，簡直是奇恥大辱。所以，別念念
　　　　　　不忘妳的美人痣，應該把重點放在妳的談吐和舉
　　　　　　止。我想跟妳談的，就是這個。妳知道該怎麼說、
　　　　　　怎麼做嗎？試試看，妳會跟他說些什麼？

麗芷特　　　我……我會說……妳呢？如果是妳，妳會怎麼說？

芙拉米妮雅　聽著：首先，千萬不要裝模作樣，賣弄風情。比方
　　　　　　說，看妳搔首弄姿的模樣，就知道妳想取悅別人[23]。
　　　　　　噢！妳得改掉這習慣——妳的舉止活潑冒失，我也

23　馬里伏曾將愛賣弄風情的女人（la femme coquette）比喻為到處飛舞、
　　停留的蒼蠅（"une mouche [qui] vole et vous croise"），想要取悅所有
　　的人。〔參見馬里伏散文集《法國觀察家》第十卷（*Le Spectateur français*,
　　10e feuille）〕馬里伏經常在其散文裡描述這類女人，其中《感情之旅
　　書簡》（*Lettres contenant une aventure*）更是以一個這樣的女人為主角。

不知道該怎麼形容才好：有時看似漫不經心，有時
深情款款，有時則矯揉造作；妳擠眉弄眼，眼神時
而狡黠淘氣，時而嫵媚動人，時而想引人注意；妳
沒頭沒腦，趾高氣昂；妳故作年少、優雅、輕浮；
而與人談話時，又是怎麼一回事呢？妳裝腔作勢，
說起話來矯揉造作，應答愚蠢。噢！諸如此類的魯
莽言行，對上流社會女子而言，的確迷人，大家公
認這就是所謂的優雅，足以傾國傾城，我知道妳會
這麼辯解。然而現在，妳不能再這麼惺惺作態，妳
要面對的小人物[24]，根本不吃這一套，他的品味不
像我們那麼重，如同一個平時只飲清泉的人，喝不
慣葡萄酒和水果酒[25]一樣。

麗芷特 （驚訝貌）可是，如果照妳的指示處理我的美姿妙
態，我就不會那麼婀娜多姿了。

芙拉米妮雅 （故作天真）噢！我觀察過妳所謂的美姿妙態，覺得
愚蠢可笑；不過，若是面對一般男人，妳就不用擔
心了。

麗芷特 那麼，我應該用什麼取代這些不得體的言行呢？

芙拉米妮雅 妳什麼都不用做，只需眼神自然率真，不要賣弄風

24　"le petit homme"，芙拉米妮雅雖然意指阿樂甘是個鄉下來的小人物，
　　但也因為當初詮釋此角色的演員多馬三身材的確特別矮小。（參見導讀
　　〈愛中的徬徨與愛的驚喜〉，頁viii）接下來的譯文中，其他劇中人物
　　對阿樂甘的稱呼也經常影射到他的矮小身材，我們不再作類似的說
　　明。

25　"l'eau de vie"，由水果汁蒸餾而成的烈酒。

　　　　情；頭部保持正常姿勢，不要輕浮冒失；舉止平常，
　　　　如同無人注視妳一般。現在試試看，讓我瞧瞧妳的
　　　　本事。天真地看著我！[26]

麗芷特　　（轉身）怎麼樣，這眼神好嗎？

芙拉米妮雅　嗯！還需要稍微改進。

麗芷特　　得了吧！妳想不想聽聽我的看法？妳不過是個女
　　　　人，對我起不了什麼作用。算了吧，別堅持了，妳
　　　　的做法只會抹殺我的精采絕活。這一切都是爲了阿
　　　　樂甘，對不對？

芙拉米妮雅　就是他。

麗芷特　　可是，這可憐的男孩……如果我不愛他，這麼做就
　　　　是欺騙他的感情；而我是個誠實的女孩，難免有所
　　　　顧忌。

芙拉米妮雅　如果最後他愛上妳，妳可以嫁給他，從此富貴騰達。
　　　　這樣，妳還顧忌什麼嗎？妳和我一樣，不過是親王
　　　　的僕人之女[27]，一旦和阿樂甘成婚，妳將搖身一變，

26　一齣專爲阿樂甘安排的戲中戲就此醞釀。這齣戲由芙拉米妮雅擔任導
　　演，指導麗芷特演出。麗芷特平時的舉手投足在芙拉米妮雅眼中雖嫌
　　嬌柔造作，但是，芙拉米妮雅要求她表現出來的自然與天眞，事實上
　　卻比她平時的裝腔作勢更加虛僞、造作，也比她平時的「演出」難上
　　加難。然而麗芷特對自己的魅力太有把握，對事情的洞悉力也不如居
　　心巨測的芙拉米妮雅，她後來仍然隨著自己的本性，以上流社會的習
　　慣作風，在阿樂甘面前賣弄風情。有關馬里伏喜劇中的「戲中戲」及
　　「導戲者」，參見導讀〈愛中的徬徨與愛的驚喜〉，頁xi-xii。

27　事實上，芙拉米妮雅和麗芷特是王室軍官之女（見第二幕第七場爵爺的
　　說明。）

擠身貴婦之列。

麗芷特　噢！這麼說，我就心安理得了。在這種情況下，我並不一定得愛他才嫁給他[28]。再見！開始行動前，通知我一聲就行了。

芙拉米妮雅　我也要離開，他們把阿樂甘帶來了。

28　試比較席勒薇雅的態度：她在第一幕第一場曾對提符藍說：「守婦德的妻子應該愛她的丈夫。」麗芷特所反映的，正是當時上流社會的現象。

【第四場】

人物　　　　阿樂甘、提符藍

（阿樂甘驚訝地環視整個套房[29]和提符藍）

提符藍　　怎麼樣，阿樂甘大人，您覺得這裡如何？（阿樂甘未
答一語）這房子是不是很漂亮？

阿樂甘　　見鬼了[30]，這房子跟我有什麼關係？你[31]是誰？找我
來有什麼事？我們要去哪裡？

提符藍　　我是個誠實好禮的君子，現在充當您的僕役，隨時
聽候您的差遣。我們就停在這兒，不往前走了。

阿樂甘　　管你是君子或騙子，我並不需要你，現在就炒你魷
魚。我要回去了。

提符藍　　（阻止他）慢點！

阿樂甘　　好啊！你真放肆，竟敢阻擋你的主人。

提符藍　　在您之上還有另一位主人，我奉他之命，前來伺候

29　"appartement"，由數個房間所組成。

30　阿樂甘是個鄉下人，加上他和席勒薇雅是被挾持至此，因此粗言惡語
不斷。

31　在原文中，阿樂甘稱提符藍為「您」。然提符藍是親王派來伺候阿樂
甘的僕人，加上阿樂甘和席勒薇雅被親王派人劫持而來，必定心有不
滿，對提符藍不致於太客氣，因此我們將他對提符藍的稱呼改為「你」，
特此聲明。

您。

阿樂甘	這個怪胎是誰？竟然擅作主張，派遣僕人伺候我。
提符藍	等您認識他以後，就不會這麼說了。現在，請聽我稍作解釋。
阿樂甘	你我之間有什麼話好說嗎？
提符藍	有啊！關於席勒薇雅。
阿樂甘	(心花怒放、激動貌)啊！席勒薇雅！唉！我不知道我們之間有話要說，這就給你賠個不是，現在，聽聽你要說些什麼吧！
提符藍	您失去她兩天了是吧？
阿樂甘	是啊！被小偷給偷走了。
提符藍	他們不是小偷。
阿樂甘	就算不是小偷，也是騙子。
提符藍	我知道她在哪裡。
阿樂甘	(歡天喜地、表示友好)你知道她在哪裡！我的朋友、我的僕役、我的主人，隨便你要我怎麼喊你都行。可惜我是個窮光蛋，不然就把全部的收入都送給你當工資。誠實好禮的君子，你倒是說說看，我們該往哪邊走？右邊？左邊？還是直直向前？
提符藍	您在這裡就會見到她。
阿樂甘	(心花怒放、態度溫和貌)我想，你一定心地善良、古道熱腸，才會把我帶到這裡來！噢！席勒薇雅，我心愛的孩子、我的寶貝，我真是喜極而泣。
提符藍	(頭一句話私下說)這小子一開始就這付模樣，實在

	不是什麼好預兆。聽著，我還有別的事情要告訴您。
阿樂甘	（催促他）我急著見席勒薇雅，請你可憐可憐我，先帶我去見她吧！
提符藍	我說了，您會見到她的。但是在此之前，我有話要對您說：有位騎士拜訪過席勒薇雅五、六次，您也曾經看到他們在一起，您還記得嗎？
阿樂甘	（憂傷貌）是啊！那人看起來像個偽君子。
提符藍	他覺得您的心上人美若天仙。
阿樂甘	廢話，這並不是什麼新發現。
提符藍	他向親王描述席勒薇雅，親王聽了為之著迷。
阿樂甘	這人真多嘴。
提符藍	親王想看看席勒薇雅，所以命令手下把她帶來這裡。
阿樂甘	可是親王會把她還給我，這樣才對，不是嗎？
提符藍	嗯！這有點兒困難。他愛上席勒薇雅，而且希望得到她的回應。
阿樂甘	輪不到他，席勒薇雅愛的是我！
提符藍	您沒聽懂我的意思，聽我說完。
阿樂甘	（提高聲調）你已經說完了！席勒薇雅是我的，難道你們想橫刀奪愛？
提符藍	親王必須從他的子民當中，挑選一人為妃，這點你知道嗎？
阿樂甘	（粗暴地）我根本不知道，而且也沒必要知道。
提符藍	既然您不知道，我現在告訴您。

阿樂甘	（粗暴地）我沒興趣！
提符藍	話說親王喜歡席勒薇雅，他希望贏得伊人芳心，再娶她為妃；但是她對您念念不忘，因此沒有回應親王的愛。
阿樂甘	親王要選妃，叫他去別的地方挑，否則最後他只能得到席勒薇雅的人，而我卻擁有她的心，我們兩人誰也不能兩全，弄得三個人都不自在。
提符藍	話是這麼說。可是，難道您不明白，如果您娶了席勒薇雅，親王將永遠愁眉不展嗎？
阿樂甘	（沉思後）他的確會先難過一陣子，可是後來就會因為善盡了仁人君子之責，而感到安慰。相反地，如果他娶了席勒薇雅，會讓這可憐的孩子淚如雨下，而我也會痛哭流涕，眉開眼笑的將只有他一人。別人傷心的時候，獨自一人歡天喜地，實在沒什麼意思。
提符藍	阿樂甘大人，相信我的話，為您的君主盡點心力吧！他無法割捨席勒薇雅。而且我老實告訴您，他們的相識在意料之中，不僅如此，根據這個預言，親王將娶席勒薇雅為妻。這是上天的安排，注定要發生。
阿樂甘	老天爺不會安排這種傷天害理的事。舉個例子來說，如果有人預言，我會從背後用亂棍打死你，你覺得我應該實踐這個預言嗎？
提符藍	千萬不可以，我們不應該傷害任何人。
阿樂甘	這就對啦！他們的預言，就是要我的命，所以根本

是胡說八道。這件事追根究底，真正應該被吊死的，就是那個占星家。

提符藍　該死[32]！我們並不想傷害您。這裡美女如雲，您從中挑一個作妻子，絕對不會吃虧。

阿樂甘　是啊！你們要我娶別人當老婆，好讓席勒薇雅暴跳如雷，移情別戀。噢！我的小可愛[33]，你收了人家多少錢，竟然想騙我上當？得了吧！小伙子，你根本是個粗人！這件事代價實在太高，我們不可能商量出什麼結果的，把你們的美女留著吧！

提符藍　您知道嗎，如果您照我的建議，娶別的女孩爲妻，還可以贏得親王的友誼呢！

阿樂甘　我對親王的友誼不感興趣！

提符藍　有了親王的友誼，接著而來的財富……

阿樂甘　我只要衣食不缺、身強力壯、胃口好[34]，根本不需要這些微不足道的東西。

提符藍　您不知道，您這麼一拒絕，損失有多大。

阿樂甘　（漫不經心貌）就因爲不知道損失有多大，所以才不

32　劇中人物（尤其是阿樂甘）的咒罵語常和上帝、上天有關。這些多是民間通俗的用法，變化多，和劇中矯柔造作式的高雅談話形成強烈對比，在中文裡不易找到相對的用法，我們將之譯成「該死！」、「天殺的！」、「呸！」、「哼！」、「見鬼了！」等，並加注釋標明原文。提符藍在此所說的咒語是"morbleu"，是由"mort de Dieu"而來。

33　這是諷刺的說法。

34　對阿樂甘而言，人生最重要的事莫過於滿足口腹之慾，榮華富貴和其他的享受都無法收買他。有關阿樂甘一角的傳統特質，請參見導讀〈愛中的徬徨與愛的驚喜〉，頁vii。

會有損失。

提符藍　房子城裡一棟，鄉下一棟。

阿樂甘　是啊！這可真不錯。問題是，我住在鄉下的時候，城裡的房子給誰住呢？

提符藍　廢話！給您的僕役住囉！

阿樂甘　我的僕役？我發財交好運，又不是爲了這些無賴！難道不能兩頭同時住嗎？

提符藍　不成。我想，您不可能分身，同時住在兩個地方。

阿樂甘　那麼你真是無知。既然我沒這分身本領，何必擁有兩棟房子呢？

提符藍　您可以隨興之所至，住在其中任何一棟啊！

阿樂甘　這麼說，你要我把心上人送走，換來這一天到晚搬家的樂趣囉？

提符藍　若能擁有豪華住宅、無數的僕役，人人都會歡天喜地；但是您卻與眾不同，什麼都無法打動您的心……

阿樂甘　我只需要一個房間。我不喜歡豢養遊手好閒的人，我認爲對我最忠心耿耿、鞠躬盡瘁的僕役，就是我自己。

提符藍　我覺得您實在不需要這麼一個僕役。此外，出門有隨從服侍，乘的是香車寶馬，住的是畫棟雕樑，難道您不爲所動嗎？

阿樂甘　朋友，你真是個大笨蛋，居然拿席勒薇雅和家具、馬車及拉車的馬相比！你倒說說看，一個人在家裡，除了坐下、吃飯、睡覺以外，還有別的事嗎？

如果沒有別的事，那麼，擁有一席好床、一張堅固
的桌子、十來把草編椅，住得還不算好嗎？該有的
不是都齊全了嗎？喔！我沒有馬車？看吧！（他指
著雙腿）你說，這是不是一雙健壯的好腿？這是我娘
生給我的好馬車，有了他們，我不怕翻車出意外。
呸[35]！你們沒有理由搭車，你們應該像我一樣，善
用雙腿。當心啊！當心啊！懶骨頭！很多誠實的農
人沒馬耕田，把馬送給他們，用以生產糧食麵包，
自己用走的，就不怕痛風了。[36]

提符藍　　天殺的[37]！您可真激動。照您這番說法，人們連鞋
子都不應該穿了。

阿樂甘　　（粗暴地）他們可以穿木屐呀！我開始對你的胡說八
道感到厭煩，你答應讓我見席勒薇雅，誠實好禮的
君子應該信守承諾。

提符藍　　再聽我說一會兒！您什麼都不在乎，榮耀、財富、
豪宅、榮華、權勢、車馬和隨從……

阿樂甘　　這些都不是什麼好貨色，一文不值。

提符藍　　那麼山珍海味呢？藏滿美酒的地窖，您喜歡嗎？如

35　"morbleu"。

36　提符藍本來應該是這一場的「導戲者」，孰料阿樂甘竟然漸漸主導兩
　　人的談話，並且趁機教訓了他一頓。《雙重背叛》裡的阿樂甘與傳統
　　義大利喜劇裡天真粗俗，笨頭笨腦的阿樂甘不盡相同，除了傳統特質
　　外，他懂得思考、帶點狡猾、也有點多愁善感，可說是個經過改良的
　　「法式」阿樂甘。

37　"têtubleu"，由"par la tête de Dieu"而來。

果有個廚子爲您準備豐盛佳餚，您滿意嗎？想想看，上等美味的大魚大肉，就擺在您的面前，而且終生享用不盡。(阿樂甘稍作遲疑不回答[38]。)您怎麼不搭腔呢？

阿樂甘 　你現在說的這些，比其他的更合我胃口。我承認自己貪嘴，不過，我更是一個癡情漢啊！

提符藍 　算了吧！阿樂甘大人，您只不過是捨棄一位姑娘另娶他人，何不讓自己過得更快樂呢？

阿樂甘 　不成！不成！我還是決定只吃牛肉[39]，喝自己村裡釀的酒。

提符藍 　您本來可以享受美酒佳餚呢！

阿樂甘 　這的確令人懊惱，不過，一切已成定局，席勒薇雅的柔情蜜意比這些更美味可口[40]。你到底要不要讓我見她？[41]

提符藍 　放心，您一定可以和她說話的，不過現在還嫌早。

38　阿樂甘對於排場、榮耀、美色和舒適的生活均不屑一顧，但美食佳餚對貪嘴的他而言，卻是最難過的一關。因此這裡成了他在這一場面對提符藍時，唯一軟弱、幾乎動搖的一刻。

39　鄉下地方的牛肉和宮廷的山珍海味相較之下，形同粗茶淡飯。

40　貪嘴的阿樂甘喜歡把人(尤其是女人)、事、物比喻成美味可口的食物。接下來的譯文中仍有不少類似的用法，我們不再重複說明。

41　這一場和第一幕第一場是相互對應的兩場。在這兩場當中，被強行拆散的兩情人席勒薇雅和阿樂甘分別單獨面對佞臣提符藍以宮廷的富裕生活威脅利誘，但兩人始終持守鄉下淳樸的民風和道德標準，未被利益和享受沖昏了頭，提符藍的初步任務也宣告失敗。

【第五場】

人物	阿樂甘、麗芷特、提符藍
麗芷特	（對提符藍）提符藍大人，我到處找您，親王要見您。
提符藍	親王要見我，我這就趕快去。我不在的時候，請您陪伴[42]阿樂甘大人。
阿樂甘	噢！不用了，我獨處的時候，總是自己陪自己。
提符藍	不，不，這樣您會覺得無聊。再見！我很快就回來。

---

42 當然，以下阿樂甘和麗芷特的單獨會面，是出於芙拉米妮雅的精心策畫。

【第六場】

人物　　　阿樂甘、麗芷特

阿樂甘　（退至舞台角落）我打賭，這風騷娘是來勾引我的。
　　　　　休想！

麗芷特　（語氣輕柔）大人，您就是席勒薇雅小姐的心上人
　　　　　嗎？

阿樂甘　（語氣冷淡）沒錯！

麗芷特　她長得美若天仙。

阿樂甘　（語氣不變）沒錯！

麗芷特　大家都喜歡她。

阿樂甘　（粗暴地）大家都錯了[43]！

麗芷特　她的確討人喜愛，您為什麼這麼說呢？

阿樂甘　（粗暴地）因為除了我以外，她什麼人也不會愛。

麗芷特　我相信您的話，也能諒解她對您如此癡情。

阿樂甘　妳[44]說諒解是什麼意思？

麗芷特　我的意思是說，我不再對她的癡情大驚小怪。

43　對阿樂甘而言，席勒薇雅愛的是他，因此別人都不該喜歡席勒薇雅，
　　剝奪他的權益。

44　在原文裡，阿樂甘和麗芷特以「您」相稱。然阿樂甘敵視宮廷裡所有
　　的人，且對麗芷特存著戒心，因此我們將他對麗芷特的稱呼改為「妳」。

阿樂甘	妳本來為什麼大驚小怪？
麗芷特	因為她拒絕了可親可愛的親王。
阿樂甘	親王可親可愛，我就不是嗎？
麗芷特	（溫柔貌）這倒不是。不過，他到底是個親王。
阿樂甘	那又如何？在女孩子方面，這親王就是不如我行。
麗芷特	（溫柔貌）是啊！不過，我的意思只是說，他擁有王國和子民；而您雖然可親可愛，畢竟還是略遜一籌。
阿樂甘	妳故意拿這王國和子民來唬我。我是沒有子民，不過，我不用對任何人負責任。如果國泰民安，我眉開眼笑；如果發生天災人禍，也不是我的錯。至於王國，不管我有或沒有，不會因此多占或少占一些位子，也不會就此成了美男子或醜八怪。所以，無論如何，妳實在沒有理由為席勒薇雅的癡情大驚小怪。
麗芷特	（私下說）這卑鄙的小人物，我在讚美他，他卻找我吵架。
阿樂甘	（對她的低語感到疑問貌）嗯？
麗芷特	我後悔剛才對您說了那些話。老實說，剛見到您的時候，我還以為我們可以相談甚歡的呢[45]！
阿樂甘	哼！小姐，人不可貌相啊！
麗芷特	您的相貌的確讓我上了當。隨便對人產生好感，經

45　麗芷特向阿樂甘暗示，雖然兩人話不投機，但阿樂甘的外表卻頗得她的好感。

常是個錯誤。

阿樂甘 是啊！妳是大錯特錯，不過錯不在我，我生來就是
這副長相。

麗芷特 （故作驚訝地看著他）我再三看您，還是驚訝萬分。

阿樂甘 沒辦法，我偏偏是這副長相，永遠改變不了[46]。

麗芷特 （慍貌）是啊！我相信您的話。

阿樂甘 妳真的對我的長相毫不在乎嗎？

麗芷特 您為什麼這麼問？

阿樂甘 不為什麼，只是想知道。

麗芷特 （神情自然）如果我把心裡的想法告訴您，就太傻
了。女孩子應該矜持沉默[47]。

阿樂甘 （前一句話私下說）瞧她說話的樣子！聽著，老實
說，妳這麼愛賣弄風情，實在很可惜。

麗芷特 我！賣弄風情？

阿樂甘 是啊！就是妳。

麗芷特 沒有人會對女人說這樣的話，您知道這對我是個侮
辱嗎？

阿樂甘 （天真無辜貌）才不呢！我只不過實話實說而已，沒
什麼不對。小姐，如果我覺得妳愛賣弄風情，錯不

46　接注釋45，阿樂甘佯裝沒聽懂麗芷特對他外貌的讚美。

47　麗芷特欲模仿鄉下姑娘，藉此表達自己的矜持和羞赧。然事實上，真
　　正害羞的鄉下姑娘會真的「保持沉默」，而非「說出」自己「應該」
　　保持沉默。她這樣的做法，正是在賣弄風情，她未謹守芙拉米妮雅的
　　叮嚀，反而弄巧成拙。

在我，而是妳的確愛賣弄風情。

麗芷特 　（略為激動）我到底做了什麼，讓您覺得我在賣弄風
　　　　情？

阿樂甘 　這一個小時以來，妳一直對我甜言蜜語，拐彎抹角
　　　　地說妳喜歡我。聽著，如果妳真的喜歡我，就趕快
　　　　走開，好趕走這情感，因為，我已經被別人訂走了。
　　　　而且，我天生不喜歡女孩子倒追，還是自己主動出
　　　　擊比較好。如果妳不喜歡我，呸！那倒好！小姐，
　　　　呸！呸！[48]

麗芷特 　得了吧！得了吧！我看這是您的幻覺。

阿樂甘 　我真不懂，為什麼宮廷的男子能夠忍受心上人如此
　　　　矯揉造作？女人賣弄風情可真醜陋！

麗芷特 　可憐的男孩，您在胡言亂語。

阿樂甘 　妳談到席勒薇雅，她才真的討人喜愛呢！如果妳聽
　　　　我描述我們的愛情，就會為她的嬌羞讚嘆不已。起
　　　　初，她害羞退縮；接著，她稍微靠近我；漸漸地，
　　　　她不再卻步，而且開始偷瞄我；如果被我撞見，她
　　　　會面色羞赧。看到她的嬌羞狀，我也樂得像個國王。
　　　　然後，我會設法捉住她的小手，她不會把手抽回，
　　　　可是卻難為情得很；於是我就對她說話，她雖然一

48　阿樂甘藉這樣的辱罵表達他對麗芷特的厭惡和不屑。他的直接，反映
　　了他的天真；但是他的粗魯，也令一向習於宮廷男士的優雅與殷勤的
　　麗芷特目瞪口呆，她無法忍受這樣的屈辱，很快便放棄芙拉米妮雅所
　　指派給她的任務。

言不語，心裡卻很想回應。後來，她開始眉目傳情，
而且越來越自然，因爲她的心已經脫離她的控制，
最後就像著魔似的，而我也爲她瘋狂。這樣才是個
女孩子，但是妳一點也不像席勒薇雅。[49]

麗芷特　　您實在逗人開心，令我覺得好笑。

阿樂甘　　（動身離去）噢！我嘛！這樣耽擱妳的時間逗妳開
心，我也覺得很無聊。再見了！如果人人都像我，
妳一個情郎也找不到。

49　麗芷特並未遵照芙拉米妮雅的指示（見第一幕第三場）和阿樂甘接觸，
相較於席勒薇雅的嬌羞，她顯得大膽而造作。事實上，她們兩人無論
就道德標準、言行舉止而言，都是互相對比的人物。席勒薇雅來自鄉
下，她誠懇而忠實，代表的是自然、純眞、樸實的女性嬌媚（la coquetterie
rustique）；反之，對麗芷特而言，所謂女性嬌媚就是裝模作樣、虛情
假意，所代表的是上流社會女性的嬌柔造作和賣弄風情（la coquetterie
mondaine），與席勒薇雅的眞情流露完全不同。馬里伏喜歡以法式花園
（le jardin français）和英式花園（le jardin anglais）來比喻這兩種截然不
同的美。法式花園豪華壯觀，花草樹木經過細心修剪，講求對稱和精
確，是個人工化的花園，令人震懾；英式花園裡一切順著自然，看似
雜亂但卻亂中有序、亂得和諧、亂得美不勝收，令人說不出所以然地
（je ne sais quoi）著迷。〔參見馬里伏散文集《哲學家書房》第二卷（Le
Cabinet du philosophe, 2e feuille）〕

【第七場】

人物　　　阿樂甘、麗芷特、提符藍

提符藍　　（對阿樂甘）您要走了嗎？

阿樂甘　　是啊！這位小姐要我喜歡她，可是我做不到。

提符藍　　那麼，午餐前，我們先出去走走，讓您解解悶吧！

【第八場】

人物　　　親王、芙拉米妮雅、麗芷特

芙拉米妮雅　（對麗芷特）怎麼樣，事情有進展嗎？阿樂甘的心意如何？

麗芷特　（怒貌）他對我以粗暴相向。

芙拉米妮雅　這麼說，他沒有好好待妳囉？

麗芷特　呸！小姐，妳是個風騷娘——他就是這麼對我說話的。

親王　麗芷特，我感到十分抱歉。但是你不會因此失色，千萬別難過。

麗芷特　親王，老實說，如果我真的愛慕虛榮，就不會遭到這樣的對待；他明白地表示討厭我，而我們女人實在不需要忍受他這樣的批評啊！

芙拉米妮雅　算了，算了，現在換我試試看吧！

親王　既然我們對阿樂甘無計可施，席勒薇雅將永遠不會愛我。

芙拉米妮雅　親王，請聽我說。我見過阿樂甘，對他印象不錯。此外，我一心想讓您滿意，我說話算話，而且胸有成竹，到時候將一字不差地兌現。噢！親王，您不了解我，阿樂甘和席勒薇雅豈是我的對手？我是女

人，既已插手此事，而且志在必得，難道掌握不了
這兩個人的心？這根本無庸置疑。如果我袖手旁
觀，將會招致其他女性的唾棄。親王，您儘管放心
安排一切，吩咐底下籌備婚禮，我保證您會得到席
勒薇雅的愛，順利成婚。席勒薇雅會向您獻上芳心，
接著呈上她的玉手[50]。我現在就可以聽見她對您
說：我愛你，也可以看見您舉行婚禮；此外，我也
預見阿樂甘會娶我，我們將共享您的恩澤，事情就
這麼大功告成了。

麗芷特　　(疑惑貌)事情就這麼大功告成了？妳根本什麼也沒
　　　　　做。

芙拉米妮雅　妳這頭腦封閉遲鈍的人，住嘴吧！

親王　　　妳鼓勵我保持樂觀，而我卻看不到一絲希望。

芙拉米妮雅　這些希望就要出現，我自有妙計。首先，就是去把
　　　　　席勒薇雅找來，現在應該讓她見見阿樂甘了。

麗芷特　　一旦他們見了面，恐怕妳的妙計就行不通了。

親王　　　我也這麼認為。

芙拉米妮雅　(不在乎)我們的看法頂多只是贊成與反對的不同而
　　　　　已，小事一樁。我呢？我有使不完的招數，打算好
　　　　　好作弄他們的愛情，而頭一招，就是讓他們自由見
　　　　　面。

50　"Silvia va vous donner son coeur, ensuite sa main"席勒薇雅會向您
　　獻上芳心，接著呈上她的玉手。「呈上她的玉手」(donner sa main)，
　　意即「嫁給您」。參見第一幕第一場注釋6。

親王　　　那麼妳就隨心所欲吧！

芙拉米妮雅 我們走吧！阿樂甘來了。

【第九場】

人物	阿樂甘、提符藍、及一列僕役
阿樂甘	順便問你一件事。我想了一個鐘頭，還是想不通，這些五顏六色[51]、到處跟著我們的高個兒，到底是做什麼用的？他們真是怪裡怪氣！
提符藍	親王喜歡您，他為了表示善意，派這些人跟隨您，聊表敬意。
阿樂甘	喔！喔！所以，這是一種尊榮囉？
提符藍	是啊！應該是的。
阿樂甘	那麼你說說看，這些跟著我的人，誰跟在他們後面啊？
提符藍	沒有人。
阿樂甘	那你呢？也沒有人跟在你後頭嗎？
提符藍	沒有。
阿樂甘	你們這些人，親王不尊崇你們嗎？
提符藍	我們不配得到親王的尊崇。

---

51 以前的僕役都身著制服，隨著個人所屬的貴族家族不同，制服的顏色、飾帶和釦子設計也不同。阿樂甘自己的服裝也是五顏六色，因此這句話出自他的口中顯得特別滑稽有趣。（有關阿樂甘的傳統服裝，參見導讀〈愛中的徬徨與愛的驚喜〉，頁vii。）

阿樂甘	（生氣地拿起他的棍棒[52]）好吧！既然這樣，你和這群無賴都給我滾！
提符藍	您為什麼這麼做呢？
阿樂甘	快給我滾！我不喜歡無恥又不值得尊崇的人。
提符藍	您沒聽懂我的意思。
阿樂甘	（棒打他）我這就再講清楚一點。
提符藍	（逃跑）別打了，別打了，您這是在做什麼？
	（阿樂甘也追趕其他的僕役，提符藍躲至一幕簾後）

---

52 根據義大利喜劇傳統，阿樂甘腰際繫著長棒，而且作者通常會安排這長棒在劇中派上用場，讓阿樂甘有展現靈活身手，製造喜劇效果的機會。（參見導讀〈愛中的徬徨與愛的驚喜〉，頁vii-viii。）

【第十場】

人物　　　阿樂甘、提符藍

阿樂甘　　（回到舞台）這些無賴！我費了九牛二虎之力才把他
　　　　　們趕走。這親王真奇怪，派一群無賴跟在正人君子
　　　　　後面表示敬意，分明在作弄人嘛！（他轉身，見提符
　　　　　藍又回來）朋友，你還沒聽懂我的話嗎？

提符藍　　（站在遠處）聽著，我認為您是個講理的男孩，所以
　　　　　雖然挨打，還是原諒您。

阿樂甘　　你總算明白了。

提符藍　　（站在遠處）我說我們不配別人隨侍在側，並非我們
　　　　　沒有榮譽感，而是只有重要人物、王公貴族，和富
　　　　　貴人家，才配得這樣的禮遇。如果單是正人君子便
　　　　　能享有此殊榮，那麼我告訴您，我本人就可以有成
　　　　　隊的僕役尾隨在後了。

阿樂甘　　（放下他的棍棒）喔！現在我總算明白了。混蛋！你
　　　　　為什麼話不說清楚？害得我兩手脫臼，而你的肩膀
　　　　　也不好受。

提符藍　　您把我打得好痛。

阿樂甘　　我想也是，這正是我的目的；還好這只是一場誤會，

你應該慶幸平白無故遭我棒打[53]。現在我明白，你們這裡對豪門巨富倍加禮遇尊崇，至於正人君子，什麼也沒有[54]。

提符藍 正是如此。

阿樂甘 （厭惡貌）在這種情況下，受到禮遇也沒什麼了不起，因爲這並不表示我值得尊崇。

提符藍 可是，有了這樣的尊榮，您就成了一個值得尊崇的人了。

阿樂甘 說真的，我左思右想，還是希望你們別跟著我。別人看到我獨自一個人，就立刻知道我是正人君子，而我寧願作個正人君子，也不要被當作大人物。

提符藍 我們奉命跟著您。

阿樂甘 那麼你就帶我去看席勒薇雅吧！

提符藍 您就要見到她，她快要到了……當真的[55]，我沒騙您，她進來了。再見，我走了。

---

53 也就是說，提符藍應該慶幸自己是被冤枉的，因為，同樣都是挨打，無故受罪總比因為無恥、沒有榮譽感而挨打好。阿樂甘的幽默顯得諷刺而殘忍。

54 鄉下人阿樂甘像是個逛大觀園的劉姥姥，天真地指出宮廷荒謬可笑之處。在這齣戲裡，馬里伏屢次藉著阿樂甘之口，間接批評當時上流社會的種種不良風氣。

55 "parbleu"，表示理所當然的咒罵語。

【第十一場】[56]

人物　　　席勒薇雅、芙拉米妮雅、阿樂甘

席勒薇雅　（雀躍不已地跑進場）啊！他在這兒！我親愛的阿樂甘，真的是你！可憐的孩子，我真的見到你[57]了！真令人心滿意足！

阿樂甘　（歡天喜地）我也是。（他稍作喘息）噢！噢！我真是欣喜若狂！

席勒薇雅　好了！好了！我的孩子，別激動。看他多麼愛我，實在令人高興。

芙拉米妮雅（看著兩人）親愛的孩子，你們彼此忠實不渝，真是迷人的一對，令人欣喜。（故作低聲貌）如果別人聽見我這麼說，就糟糕了[58]；然而我打從心底敬佩你們，也對你們寄予無限同情。

56　整齣戲中，事實上席勒薇雅和阿樂甘總共只見過三次面（第一幕十一至十三場、第二幕第九場、及第三幕第十場），這裡是他們第一次見面。而在旁人的設計下，兩人的關係一次比一次疏離，第三次更是以分手收場。

57　原文中，席勒薇雅和阿樂甘以「您」相稱，我們將之改譯為「你」，較符合中文的用法，以下譯文不作類似的說明。

58　芙拉米妮雅試圖以此贏得阿樂甘和席勒薇雅的信任，漸漸地，他們三人站在同一陣營，一同成為受迫害的一方，與朝廷其他的人為敵，芙拉米妮雅的計謀也開始有了眉目。

席勒薇雅	(回答道)唉！這是因爲您心地善良。親愛的阿樂甘，我真是飽受相思之苦啊！
阿樂甘	(溫柔地執起她的手)妳依然愛我嗎？
席勒薇雅	我依然愛你嗎？你怎麼會這樣問我！這樣的問題該問嗎？
芙拉米妮雅	(神情自若地對阿樂甘說道[59])喔！關於這一點，我可以保證，她對你柔情依舊。她心灰意懶，因爲見不到你而傷心不已，連我也深受感動，恨不得你們能夠重逢。朋友，現在你們終於相聚，再見！我走了。你們的遭遇令人動容，使我感傷地想起一個已逝的情人，他長得酷似阿樂甘，我永遠忘不了他[60]。再見，席勒薇雅，我雖然受命在妳身邊運作，但是絕對不會做出傷害妳的事。好好地愛阿樂甘吧！他值得妳這麼做。而你呢？阿樂甘，無論發生什麼事，請把我當朋友——一個樂意幫助你的人，我會竭盡所能爲你們效勞的。
阿樂甘	(語氣溫和)小姐，妳是個好女孩，堅強點。我啊！也是妳的朋友，妳心上人死了，我感到很遺憾，見妳哀痛欲絕，我們也感同身受。(芙拉米妮雅離去)

---

59 原文裡，芙拉米妮雅和阿樂甘、席勒薇雅之間一直以您相稱，但是在芙拉米妮雅百般拉攏下，他們成了朋友，而且越漸熟絡，因此我們從這一場起，將三人之間的稱呼統一更動爲「你」(或「妳」)。

60 芙拉米妮雅捏造舊情人一事，試圖引發阿樂甘和席勒薇雅的好感及同情心。

【第十二場】

人物　　　阿樂甘、席勒薇雅

席勒薇雅　（抱怨貌）唉！親愛的阿樂甘！

阿樂甘　　唉！心愛的！

席勒薇雅　我們真是不幸。

阿樂甘　　我們要好好相愛，才能夠忍耐到底。

席勒薇雅　是啊！但是我們的愛情，會有什麼樣的結局呢？我實在非常擔心。

阿樂甘　　唉！親愛的，我雖然要妳忍耐，卻和妳一樣垂頭喪氣。（他執起她的手）可憐的小寶貝，我親愛的，我已經三天沒看到這雙漂亮的眼睛，爲了補償我，妳就定睛看著我吧！

席勒薇雅　（憂慮貌）啊！我有千言萬語想對你說：我害怕失去你，擔心親王嫉妒你而傷害你，也唯恐你和我分離太久，便從此習以爲常。

阿樂甘　　小親親，我怎麼會習慣愁眉不展的日子呢？

席勒薇雅　我不希望你忘了我，但是也不要你爲我受苦；我太愛你了，千言萬語，不知從何說起。我六神無主，爲了這一切柔腸寸斷，實在值得同情。

阿樂甘　　（哭道）嗚！嗚！嗚！嗚！

席勒薇雅	（憂傷貌）噢！阿樂甘，你一哭，我也要哭了。
阿樂甘	看妳柔腸寸斷，我怎麼可能不哭呢？如果妳稍微同情我，還會這麼傷心嗎？
席勒薇雅	那麼你放心吧！我不會再說我難過了。
阿樂甘	是啊！可是我仍然猜得出妳很難過，妳得答應我不再傷心才行。
席勒薇雅	是的，我的孩子，可是你也必須答應會永遠愛我。
阿樂甘	（突然停下來看著她）席勒薇雅，我們心心相印，請妳牢記在心，因為這是事實。只要我還活著，此情永遠不變，就算我進了棺材也一樣。啊！妳要我立什麼樣的誓言以明心志呢？
席勒薇雅	（真誠地[61]）這樣就夠了，我不懂什麼海誓山盟，你是個有榮譽感的男孩，我們彼此真心相待，我不會收回付出的感情。況且，我還要選擇誰呢？你不是最俊秀的男孩嗎？哪個女孩愛你如我之深？有了這些，我們還需要什麼嗎？我們只需保持原狀，並不需要海誓山盟[62]。[63]

61　雖然只是短短的幾個字，這個舞台指示卻格外重要。作者藉此說明席勒薇雅對阿樂甘是真情流露，以免後來兩人的情感發生變化時，讀者或觀眾對她產生誤解，認為她從起初便欺騙阿樂甘。

62　在作者刻意安排下，阿樂甘和席勒薇雅並未立下海誓山盟。幸虧如此，否則本齣戲的結局：「雙重背叛」，將會難以收拾，而作者對席勒薇雅的舞台指示（見注釋61）也因此更顯得重要。

63　儘管席勒薇雅對阿樂甘出於一片真心，但她的話語仍透露幾許不確定感──她愛上阿樂甘，是因為沒有更好的選擇，這份感情基礎不夠根深蒂固，後來別人才會有機可乘。

阿樂甘	一百年以後，我們還是恩愛如初。
席勒薇雅	當然！
阿樂甘	所以，親愛的，沒什麼好擔憂的，我們應該高興才是。
席勒薇雅	我們也許會吃點苦，如此而已。
阿樂甘	吃點苦算不了什麼，苦盡甘來的享受更甜蜜。
席勒薇雅	噢！但是我實在不需要先吃苦，才能享受快樂啊！
阿樂甘	那麼就別去想我們所受的苦吧！
席勒薇雅	（溫柔地看著他）這親愛的小傢伙，真懂得安慰我。
阿樂甘	（溫柔貌）我擔心的只有妳一人。
席勒薇雅	（看著他）你這些甜言蜜語是哪裡學來的？阿樂甘，世界上只有你一人如此對待我，但也只有我一人這麼愛你。
阿樂甘	（快活地跳了起來[64]）這番話真是甘甜如蜜。
	（此時芙拉米妮雅[65]和提符藍進場）

64　傳統上，阿樂甘總有機會在劇中跳躍、翻筋斗，展現靈活身手，這算是他的演技之一。

65　在這場阿樂甘和席勒薇雅重逢時刻的前後兩場（第十一和十三場）中，芙拉米妮雅均在場，並且主導全局，她可說是個別有用心的電燈泡。

【第十三場】

人物　　　阿樂甘、席勒薇雅、芙拉米妮雅、提符藍

提符藍　(對席勒薇雅說)很抱歉打斷你們談話。席勒薇雅小
姐，令堂剛到，她急著要見您。

席勒薇雅　(看著阿樂甘)阿樂甘，別離開我，我對你沒有什麼
好隱瞞的。

阿樂甘　(手挽著她)走吧！我的小親親。

芙拉米妮雅(信任貌，走近他們)親愛的席勒薇雅，您獨自去見
令堂比較恰當。孩子們，別擔心什麼，你們知道我
不會欺騙你們，我保證你們可以隨心所欲地見面。

阿樂甘　是啊！妳不會欺騙我們，妳和我們是同夥的。

席勒薇雅　那麼，我的孩子，再見囉！我很快就和你會合。(她
離去)

阿樂甘　(攔住正要離開的芙拉米妮雅)朋友[66]，她不在的時
候，妳留下來陪我，我才不會覺得無聊[67]。這裡除
了妳以外，我受不了其他任何人的陪伴。

66　在第十一場，阿樂甘尚稱芙拉米妮雅「小姐」，現在他們的關係已經
　　拉近成為「朋友」。

67　阿樂甘在第一幕第五場對麗芷特的態度卻大不相同(「噢！不用了，我
　　獨處的時候，總是自己陪自己。」)，由此可見他對芙拉米妮雅的好感。

芙拉米妮雅　(如說悄悄話般)親愛的阿樂甘，我也很喜歡你的陪
　　　　　　伴，但是卻怕別人知道我對你有好感。

提符藍　　　阿樂甘大人，晚餐準備好了。

阿樂甘　　　(憂傷貌)我一點也不餓。

芙拉米妮雅　(友善貌)你需要吃點東西，我希望你吃。

阿樂甘　　　(溫柔貌)妳這麼認為嗎？

芙拉米妮雅　是的。

阿樂甘　　　不行，我吃不下。(對提符藍說道)湯的味道好嗎？

提符藍　　　好極了！

阿樂甘　　　嗯！我必須等席勒薇雅，她喜歡喝湯。

芙拉米妮雅　我想她會和她的母親一起用餐，不過，你可以自行
　　　　　　決定怎麼做，只是我勸你還是別打擾他們，不是嗎？
　　　　　　晚飯後，你就可以見到她了。

阿樂甘　　　我是很願意吃，可是胃口還沒有開。

提符藍　　　現在酒正清涼，而肉也剛烤好。

阿樂甘　　　真可惜……這烤肉好吃嗎？

提符藍　　　烤的是野味，看起來真……

阿樂甘　　　好可惜！那麼我們走吧！烤肉冷了，可就一文不值
　　　　　　了。

芙拉米妮雅　別忘了為我的健康乾一杯。

阿樂甘　　　為了慶祝彼此相識，妳也來為我的健康乾一杯吧！

芙拉米妮雅　好啊！我還有半小時的時間，非常樂意奉陪。

阿樂甘　　　很好！我對妳很滿意。[68]

68　從表面上看來，第一幕到了最後一場，整個劇情似乎停滯不前，阿樂
　　甘和席勒薇雅仍舊鍾愛著對方，對提符藍或麗芷特以榮華富貴和女色
　　的誘惑無動於衷。但事實上卻不盡然，無論是阿樂甘或席勒薇雅，兩
　　個人的心境都在他們不知不覺中，有了或多或少的改變：幕起時，他
　　們或生氣、或焦慮、甚至茶不思飯不想，到幕落時，阿樂甘正準備大
　　啖親王所招待的筵席，而席勒薇雅也放心地把阿樂甘交付在芙拉米妮
　　雅手中，單獨離去會見她的母親。此外，他們也從開始時的孤單、與
　　宮廷眾人為敵，到幕落時交了一個好朋友。諸如此類的改變，不可謂
　　不小。

第二幕

【第一場】

人物　　　芙拉米妮雅、席勒薇雅

席勒薇雅　是的，我相信妳，妳看起來是為我好，因此我敵視其他的人，只能忍受妳一人[1]。阿樂甘到底去哪兒了？

芙拉米妮雅　他還在吃午飯[2]，等會兒就來。

1　阿樂甘在第一幕第十三場也曾對芙拉米妮雅說過類似的話：「這裡除了妳以外，我受不了其他任何人的陪伴。」芙拉米妮雅成了兩情人在宮廷唯一的朋友，在這一場中，席勒薇雅更是盡情向她傾訴心裡的感受。

2　在第一幕第四場，阿樂甘急著見到席勒薇雅，回絕提符藍所提的誘惑，決定一輩子「只吃牛肉，喝自己村裡釀的酒。」然而他現在卻為了享用宮廷裡的野味美酒，遲遲不來和席勒薇雅相會。

席勒薇雅　　這地方令人望而生畏：女人殷勤體貼，男人和藹可
　　　　　　親，表面上個個和顏悅色、熱情洋溢，又彬彬有禮，
　　　　　　擅於美言，令人不禁誇讚他們真誠善良，是世界上
　　　　　　最好的人；事實上卻不然，他們一個個來找我，一
　　　　　　本正經地對我說：「小姐，相信我的話，放棄阿樂
　　　　　　甘，嫁給親王吧！」他們這樣說的時候，神情自然，
　　　　　　面無慚色，好像建議我去行善似的。但是，我回答
　　　　　　他們：「我已經對阿樂甘許下諾言，怎麼可以違背
　　　　　　忠實、正直與誠信之道？」然而他們無法了解我的
　　　　　　意思，他們不懂這些道理，好像我在說希臘文似的。
　　　　　　他們對我的話嗤之以鼻，說我孩子氣，而大姑娘應
　　　　　　該理智點。哼！他們真是大言不慚！教我做個一文
　　　　　　不值的人，狡猾、說謊、言而無信、欺騙他人，這
　　　　　　鬼地方的大人物作風就是如此。他們到底是誰？從
　　　　　　哪兒冒出來的？他們是什麼料做的？

芙拉米妮雅　親愛的席勒薇雅，他們和常人沒什麼兩樣。我說了
　　　　　　妳別驚訝，他們認為，能夠嫁給親王，是妳的福氣。

席勒薇雅　　可是，我不是必須忠於阿樂甘嗎？善良誠實的女
　　　　　　孩，不是都該這麼做嗎？一個人如果有虧職守，還
　　　　　　能感到快樂嗎？此外，忠貞不渝，不就是我迷人之
　　　　　　處嗎[3]？他們居然敢對我說：去做一件對妳有害無益

3　席勒薇雅這番話頗耐人尋味：照她的意思，若她對阿樂甘忠貞不渝，
　　並非感情自然表現，而是出於責任感，為了讓自己心安理得、符合社
　　會的規範和要求。此外，用情專一還能增加她的個人魅力（「忠貞不渝，

　　　　　　的勾當，變得虛情假意，從此愁眉不展。我不願意
　　　　　　順從，他們便認為我在鬧彆扭。

芙拉米妮雅　妳能怎麼樣呢？他們有他們的想法，他們希望親王
　　　　　　心滿意足啊！

席勒薇雅　　可是，親王為什麼不找個樂意嫁給他的女孩，偏偏
　　　　　　挑上一個不愛他的人？這麼做有什麼意思呢？現在
　　　　　　他所做的一切，都是浪費。這些音樂會、戲劇、如
　　　　　　婚宴般的盛餐，以及他叫人送給我所費不貲的珠
　　　　　　寶，是個無底的深淵，會令他破產的。然而，他能
　　　　　　從中得到什麼呢？他即使送我一家裁縫店，也比不
　　　　　　上阿樂甘送的小針包啊！

芙拉米妮雅　我相信妳的話，但是這就是愛情。我也曾經這樣愛
　　　　　　過，妳這小針包的比喻，令我想起過去的自己。

席勒薇雅　　妳聽著，如果我真的必須拿阿樂甘和別人交換[4]，我
　　　　　　會選擇某一位王室軍官。這軍官見過我五、六次，
　　　　　　長得一表人才，恐怕連親王也比不上。可惜我還是
　　　　　　不能夠愛他，我覺得他比親王更值得同情[5]。

　　不就是我迷人之處嗎？」），滿足她的驕傲和虛榮心。她天真地以這些
　　理由說明自己的立場，並不能使人信服。事實上，她的堅持，並非出
　　於愛或顧及阿樂甘的感受，而是為了她個人的快樂（「一個人如果有虧
　　職守，還能感到快樂嗎？」）；她的動機是自私，不是愛的表現。我們
　　可以看得出來，席勒薇雅對阿樂甘的態度已在逐漸改變中。

4　雖然這只是個假設，但不可否認的，席勒薇雅已經開始考慮背棄阿樂
　　甘的可能性。

5　這位博得席勒薇雅好感和同情的軍官，就是親王本人（參見親王在第一
　　幕第二場所述）。席勒薇雅為這位「假軍官」的設想，似乎遠超過她對

芙拉米妮雅 （暗自竊喜）噢！席勒薇雅，等妳認識親王以後，我保證妳會覺得他一樣令人同情[6]。

席勒薇雅 如果是這樣，他最好趕快忘掉我，把我送回家，去找別的女孩。這裡有些女孩和我一樣，也有個心上人，但是卻用情不專[7]。我看得出來，這對她們無關痛癢，而我卻絕對辦不到。

芙拉米妮雅 親愛的孩子，我們這裡有誰像妳？有誰比得上妳？

席勒薇雅 （謙虛貌）噢！當然有，這裡有人比我漂亮；而且，即使她們只有我的一半美貌，卻比我更懂得如何善用自己的外貌。這裡有些醜八怪很擅於打點她們的臉蛋，把別人都給矇騙了。

芙拉米妮雅 是啊！可是妳不一樣，妳全憑真本事，所以才迷人。

席勒薇雅 我啊！我完全不打扮，跟她們比起來，就像一隻呆頭鵝，站在那兒，動也不動；而她們卻滿面春風、

阿樂甘的關心。芙拉米妮雅看出這一點，她將乘虛而入，達到拆散兩情人的目的。

6　這句話帶有雙重涵意：席勒薇雅不知「假軍官」的真實身分，對她而言，「認識」二字是指了解他的為人、明白他的深情厚意；而芙拉米妮雅所說的「認識」，卻是「明白真相」、「認識」「假軍官」的真實身分。這句話一語雙關，只有站在這「戲中戲」最外圍旁觀的觀眾，能和「導戲者」芙拉米妮雅一同體會其中妙趣。

7　放蕩荒淫之風的確盛行於當時的貴族階層。馬里伏在他的散文集裡，對這現象多有著墨。他在《巴黎人書簡》(*Lettres sur les habitants de Paris*) 第二卷中提到，宮廷裡的女人總是公開擁有數個情人，即使已婚，她們仍然不落俗套保有一個情人，因為擁有情人就像擁有車馬隨從一樣理所當然("il fait comme partie de son équipage.")。這樣的行為可能令中產階級女人感到羞愧，相反地，宮廷裡的女人卻可能因為沒有情人而懊惱不已。對她們而言，沒有情人表示自己魅力不足。

　　表情大膽，到處頻送秋波。她們的美貌肆無忌憚、
　　毫不拘束，但是比起膽小羞怯的我，卻更討人喜歡。
　　我不敢正視別人，若別人誇我漂亮，我便羞得無地
　　自容。

芙拉米妮雅　親王看上的，偏偏就是這一點。妳的純樸和不加裝
　　飾的美麗，最是自然優雅，令親王動心。聽我的話，
　　我們這裡的女人對妳全無好評，妳沒必要如此讚美
　　她們。

席勒薇雅　她們怎麼說我？

芙拉米妮雅　盡是放肆無禮的話。她們根本不把妳放在眼裡，她
　　們揶揄親王，向他問候他那鄉村美嬌娘。那天這些
　　嫉妒的女人齊聚一堂談論妳，她們先說妳的外貌平
　　凡、儀態笨拙，接著七嘴八舌地對妳品頭論足，有
　　的批評妳的眼睛，有的看不慣妳的嘴巴，甚至連男
　　人也嫌妳其貌不揚，我聽了簡直氣得……

席勒薇雅　哼！這些可恥的男人，為了討好這群笨女人，不惜
　　昧著良心說話。

芙拉米妮雅　妳說的對。

席勒薇雅　這些女人真可惡！可是，如果我真如她們所言其貌
　　不揚，為什麼親王偏偏看不上她們而選擇了我？

芙拉米妮雅　噢！她們深信親王只是一時心血來潮，很快就會淡
　　忘妳，甚至會率先取笑這件事。

席勒薇雅　（慍貌，略看芙拉米妮雅後）哼！算她們運氣好，我
　　愛的是阿樂甘；否則，我就會讓這些長舌婦持相反

的論調[8]。

芙拉米妮雅 啊！實在應該讓她們受點教訓！就像我對她們說的：「妳們竭盡所能想要趕走席勒薇雅，得到親王恩寵；但是事實上，只要她願意，就可以讓親王對你們不屑一顧。」

席勒薇雅 哼！妳也看得出來，只要我願意，就可以叫她們住口。[9]

芙拉米妮雅 有人來找妳了。

席勒薇雅 噢！好像就是我曾經提起的軍官。沒錯，就是他！妳說他是不是一表人才！[10]

---

8 席勒薇雅言下之意是，如果她不愛阿樂甘，就會接受親王的求愛和恩寵。這麼一來，宮廷裡的女人一定會對她另眼相待，不但不敢再羞辱、批評她，反而會卑躬屈膝地讚美她。在第一幕第二場，芙拉米妮雅曾說：「席勒薇雅沒有野心，但卻柔情似水，所以，也就不乏虛榮心。針對這虛榮心，我可以把她調教成為一個善盡本分的女人。」果然不出她所料，席勒薇雅雖然是個天真淳樸的鄉下姑娘，但終究是個女人，而在馬里伏眼裡，只要是女人，就會愛漂亮、就有取悅別人的企圖心和虛榮心。（"on ne peut être femme sans être coquette."）（《法國觀察家》第十七卷）芙拉米妮雅捏造事實，單純的席勒薇雅便信以為真，在自尊心和虛榮心的作祟下，不禁激動地說出這樣的話，她表示如果自己沒有令親王神魂顛倒，並非不能也，而是不為也。這正如芙拉米妮雅隨後所言：「你們竭盡所能想要趕走席勒薇雅，得到親王恩寵；但事實上，只要她願意，就可以讓親王對你們不屑一顧。」

9 狡猾的芙拉米妮雅捏造事實、煽風點火，席勒薇雅逐漸落入她的圈套。

10 席勒薇雅的話語透露出她再次見到這位「假軍官」的喜悅。

【第二場】

人物　　　親王（喬裝為王室軍官）、麗芷特（喬裝[11]為朝廷仕女）、及先前的角色（親王看見席勒薇雅，恭敬地行禮）

席勒薇雅　大人，您怎麼會來？您早已知道我在此囉？

親王　　是的，小姐，我知道您在此，但是您曾經吩咐過，叫我別再打擾您，若非這位小姐要我陪伴同來，我不敢在您的面前出現。這位小姐得到親王的許可，特來向您行禮致意。

那小姐不發一語，詳端席勒薇雅，並和芙拉米妮雅相互示意[12]

席勒薇雅　（溫柔說道）您看得出我現在黯然神傷，事實上，我並不介意再次見到您。至於這位小姐，謝謝她[13]前

11　參見第一幕第二場注釋19。

12　這個舞台指示非常重要。觀眾或讀者由此可知麗芷特是遵照芙拉米妮雅的指示，前來拜訪席勒薇雅。她之前勾引阿樂甘的任務雖然失敗，仍然是芙拉米妮雅設下的陰謀裡的一步棋子，這次喬裝為朝廷仕女，和「假軍官」及「導戲者」芙拉米妮雅串通好，試圖激怒席勒薇雅，再次挑起她的女性虛榮。席勒薇雅當然被蒙在鼓裡，任人戲弄，帶給這場「戲中戲」的觀眾無限樂趣，因此有的評論把馬里伏的戲劇形容成一個殘忍的戲劇（參見導讀〈愛中的徬徨與愛的驚喜〉，頁xi-xiii）。

13　席勒薇雅在這裡用第三人稱的「她」，間接對麗芷特所扮演的朝廷仕女說話，別有一番用意。她藉此突顯自己和麗芷特的距離，她們兩人來自不同的世界，不僅禮俗、觀念不同，所持的語言也不同，因此無

　　　　　　　　來行禮致意，我實在不敢當；不過，既然這是她的
　　　　　　　　意思，我也不便拒絕，只能盡我所能行禮答謝，如
　　　　　　　　果禮行得不好[14]，還請她見諒。

麗芷特　　　　是啊！親愛的[15]，我不會強人所難，所以非常樂意
　　　　　　　　原諒您。[16]

席勒薇雅　　　（行禮致意，並私下生氣地重複說道）不會強人所
　　　　　　　　難？這是什麼話嘛！

麗芷特　　　　小姑娘，您[17]幾歲？

席勒薇雅　　　（惱怒貌）我記不得了，大嬸[18]。

芙拉米妮雅　　（對席勒薇雅說道）好啦！[19]

　　　　　　　　（親王出現[20]，故作驚訝狀）

麗芷特　　　　她在生氣，是吧？

　　　　法互相溝通，必須透過「假軍官」傳達。以下兩人的對話，表面上分
　　　　明是說給對方聽，用的仍是第三人稱的「她」，也是出於同樣的目的，
　　　　使兩人的敵對態度更加鮮明。此外，這種間接傳話的方式也給夾在其
　　　　間的「假軍官」和旁觀的芙拉米妮雅表明立場、拉攏席勒薇雅的機會。

14　席勒薇雅來自鄉下，沒有受過宮廷禮儀訓練，禮自然行得不好。

15　"ma mie"在這裡是諷刺的用法，麗芷特藉此表達她的優越感。

16　麗芷特趾高氣揚、目中無人，她一再挑釁，席勒薇雅終將按耐不住。

17　雖然麗芷特瞧不起地戲稱席勒薇雅「小姑娘」，我們仍然保留原文中
　　的「您」，沒有將它改為「妳」，以突顯對話中的諷刺感和距離感。

18　席勒薇雅以牙還牙。

19　"bon"，這是芙拉米妮雅在全場中所說的唯一一個字。平時她掌控全
　　局，此刻卻一反常態冷眼觀戰，任席勒薇雅遭受麗芷特羞辱，這正是
　　她高明的地方，因為席勒薇雅一旦被激怒，便會萌生復仇之意，慢慢
　　步向她所設下的陷阱。

20　由這舞台指示可以看出「假軍官」引見兩人之後，一定是得體、識趣
　　地退至舞台一旁待命。

親王	這番話是什麼意思？怎麼，小姐，您前來向席勒薇雅致意，竟然藉機侮辱她！
麗芷特	我沒這意思。我聽說親王[21]看上這位小姑娘，對她意亂情迷，於是好奇地前來一窺究竟，想知道她到底有何魅力。聽說她天真純潔，這樣的鄉土味想必很逗趣。我們就請她稍作示範，擺出幾許天真模樣，讓我們見識她的聰明機智吧！
席勒薇雅	不！小姐，那倒不必，還是您的應答比較逗趣。
麗芷特	（笑道）哈！哈！這不就是嗎！我才請她示範呢！。
親王	小姐，您走吧！
席勒薇雅	我開始感到厭煩，她再不走，我可真的要生氣了。
親王	（對麗芷特說道）您會為您的行為後悔的。
麗芷特	（不屑地離去）這樣的女孩，誰[22]選擇了她，就是遭到報應，而我也就此報了仇。

21　原文用的是"on"。在法文裡，不定代名詞"on"可能代替單數名詞，也可能代替複數名詞，因此這裡的"on"指的可能是親王，也可能同指親王和阿樂甘兩人，因為阿樂甘曾經在麗芷特面前誇讚席勒薇雅的嬌羞，無視麗芷特的千嬌百媚，直截了當地羞辱她（參見第一幕第六場）。

22　（參見注釋21）麗芷特受命前來激怒席勒薇雅，所以表面上，她指的是親王，但是卻一語雙關，連阿樂甘也一起咒詛，以洩曾經受他羞辱的心頭之恨。

【第三場】

人物　　　親王、芙拉米妮雅、席勒薇雅

芙拉米妮雅　厚顏無恥的女人！

席勒薇雅　我被人挾持至此百般受辱，真叫人氣急敗壞！人各
　　　　　　有其價值，我難道比不上這些女人嗎？說什麼我也
　　　　　　不願意和她們一個模樣啊！

芙拉米妮雅　別生氣了，這女人嫉妒妳，她的侮辱等於是讚美。

親王　　　美麗的席勒薇雅，親王和我都被這女人給騙了，您
　　　　　　看我因此懊惱不已，請相信我說的是真心話。您了
　　　　　　解我的情意，我對您尊重有加，顧不得再次打擾您，
　　　　　　也不怕讓芙拉米妮雅知情，前來向準王妃致意，希
　　　　　　望再看親愛的人兒一眼[23]，滿足自己的心願。

芙拉米妮雅　(神情自然)您這麼做有什麼錯呢？我知道人人見到
　　　　　　她，都會情不自禁地愛上她，因此，您這樣做並沒
　　　　　　有錯。

席勒薇雅　而我呢？我無法回報他的愛，內心憂愁不已，情願
　　　　　　他不要愛上我。如果他像一般男子，我還可以對他
　　　　　　暢所欲言；但是他太討人喜歡了，我不忍心傷害他。

23　因為席勒薇雅即將成為王妃，「假軍官」便不能再含情脈脈地看她。

而他對我的態度始終如一，正如妳現在所見。

親王　啊！席勒薇雅，您真叫人喜愛！我只有永遠愛您，才能配得上您這番話。

席勒薇雅　是啊！好極了，您儘管愛我吧[24]！只要您能耐心等待，我便會欣然同意，因為我別無選擇。阿樂甘先您而至，這就是您吃虧的地方。實不相瞞，如果我早知道繼之而來的是您，必會等候您；但是您運氣不佳，因此也造成我的痛苦。[25]

親王　芙拉米妮雅，您評斷看看，我如何能夠不愛席勒薇雅？誰像她這般溫柔和善，富有同情心？找不到的！她的好意關懷令我深受感動，任何人的柔情蜜意都無法相比。

席勒薇雅　（對芙拉米妮雅說）他說的話，妳都聽見了。我也請妳評斷看看，他盡是感謝我，把我的話往好處想，叫我如何是好？

芙拉米妮雅　老實說，他是對的。席勒薇雅，妳的確生得花容月貌，如果我是他，也會有相同的反應。

席勒薇雅　別說了，他已經視我為下凡仙女，請不要再強調我

24　席勒薇雅眼看心上人為她受苦而無計可施，絕望地說出這樣的反話。

25　「假軍官」一再堅持他的情意，席勒薇雅終於按捺不住，坦承心裡的想法。她的回答充滿矛盾，前段回應「假軍官」的愛（只要您能耐心等待，我便會欣然同意；實不相瞞，如果我早知道繼之而來的是您，必會等候您），而後段卻又不忘提及兩人愛情的阻礙——阿樂甘（阿樂甘先您而至，這就是您吃虧的地方；但是您運氣不佳，因此也造成我的痛苦），足見她的為難。

的美貌，讓他更加意亂情迷了。（對雷里歐[26]説）聽
我的話，那女人侮辱我，請默默地愛我，並且替我
報仇。

親王 是的，親愛的席勒薇雅，我這就去爲您報仇。至於
我自己，無論您如何待我，我的心意已定，至少我
可以一輩子[27]默默地愛您。[28]

席勒薇雅 啊！我了解您，這我早已猜到了。

芙拉米妮雅 好了，大人，那小姐言行魯莽，您快去稟報親王，
好教眾人懂得尊重席勒薇雅。[29]

親王 我會很快給妳們消息。

---

26 雷里歐指的就是親王。這是馬里伏寫劇本的時候，一心想著詮釋親王
  角色的演員雷里歐而犯下的筆誤，這更加證明馬里伏的劇本的確是為
  幾位義大利劇團的演員量身定做（參見導讀〈愛中的徬徨與愛的驚喜〉
  頁vi、注釋17）。

27 拜芙拉米妮雅的計謀和「喬裝」之賜，親王得以盡情在席勒薇雅面前
  傾心吐意，只有芙拉米妮雅和觀眾可以體會親王話語裡的雙重涵義。

28 馬里伏戲劇中的愛情，屬於「矯揉造作文學」（la littérature précieuse）
  裡的愛情（參見導讀〈愛中的徬徨與愛的驚喜〉頁xviii、xix）。依據矯
  揉造作文學裡的愛情觀，一個標準情人不僅要才貌雙全、驍勇善戰、
  懂得談情説愛，必要的時候，還得默默地忍受相思之苦。此外，殷勤
  體貼的情人也必須盡力滿足心上人的需要和要求。親王是個典型的矯
  揉造作文學英雄，他英俊瀟灑、出身高貴，他懂得談情説愛、為愛受
  苦，席勒薇雅受到侮辱時，他更迫不及待要遵照她的命令，替她復仇。

29 芙拉米妮雅趁機加油添醋，挑動席勒薇雅的虛榮心。

【第四場】

人物　　　　芙拉米妮雅、席勒薇雅

芙拉米妮雅　親愛的，阿樂甘可能在用餐時被耽擱了，我這就去找他。這件衣服特別爲妳訂做，妳先試穿吧！我迫不及待想看看妳穿上它的模樣。

席勒薇雅　這布料真漂亮，很適合我[30]。可是，這些衣服，我一件也不想要，親王想以此收買我，我絕對不會答應這筆交易。

芙拉米妮雅　妳錯了，妳真的不瞭解他，即使最後他離開妳，仍然會讓妳把衣服全部帶走的。

席勒薇雅　那麼，我就相信了，但願他以後不會問我：爲什麼接受我送的禮物呢？

芙拉米妮雅　不會的，他只會問：爲什麼沒有多拿一點呢？

席勒薇雅　既然這樣，我就照他的意思，全部收下了，以免他還有別的話說。

芙拉米妮雅　放心吧！一切由我負責。

30　席勒薇雅原本不吃不喝，寧願讓自己生病；現在卻試穿起衣服來了。華麗光鮮的服飾使她更加美麗，不再土裡土氣，並能和宮廷裡嫉妒她、批評她的女人爭妍鬥艷，因此成了芙拉米妮雅對付她的利器。

【第五場】

人物　　　芙拉米妮雅、提符藍、阿樂甘（開懷大笑[31]，與提符藍一同進場）

芙拉米妮雅 事情似乎有點兒眉目了。阿樂甘來了，老實說，我自己也不明白是怎麼一回事[32]，萬一這小人物愛上我，我將會樂意把握良機[33]。

阿樂甘　　（笑）哈！哈！哈！朋友，妳好。

芙拉米妮雅 （微笑道）你好，阿樂甘，你在笑什麼，和我分享一下吧！

阿樂甘　　我那免費的僕人提符藍，帶我去逛這房子[34]的大小廳房。那裡人們轉來轉去，就像在逛街一樣。那些混蛋[35]聚在一起聊天，就好像我們的菜市場，而這

---

31 貪好美食的阿樂甘在用餐過後，心情顯得特別好。

32 就連平時冷靜、詭詐的芙拉米妮雅也難逃「愛的驚喜」（參見導讀〈愛中的徬徨與愛的驚喜〉，頁x-xii）。

33 雖然芙拉米妮雅為阿樂甘所動，開始喜歡阿樂甘，但是這句話也透露了其他的訊息：她不愧是個詭計多端、狡詐貪婪的女人。正如她在第一幕第三場末尾對麗芷特所言，如果嫁給阿樂甘，一生榮華富貴享受不盡，因此，她在為親王謀畫籌算的同時，並未忘掉自己的利益。

34 鄉下人阿樂甘口中的房子"maison"，指的當然是王宮。

35 原文是"visage"，指「人」或「面孔」，這字也有諷刺用法，指的是「厚顏無恥、不值得尊重的人」。

房子的主人卻任由他們隨便走動，也沒和他們打聲招呼。他們去看主人吃飯[36]，主人也沒問一聲：你們要不要喝一杯？回來的路上，正在取笑這些怪胎的時候，看見一個大個子把一位夫人的衣服從後頭掀了起來。我以為他在惡作劇，就好心地對他說：頑皮鬼，住手，這玩笑太失禮了。沒想到那夫人聽到我的話，竟然回頭對我說：你看不出他在替我拉裙擺嗎？我問她：這裙擺，為什麼需要別人替你拉呢？我才說完，那頑皮鬼便放聲大笑，那夫人也笑了，提符藍也是，所有的人都笑了。而我呢？為了陪伴他們，我也跟著傻笑。現在我請問妳，我們大家為什麼笑呢？

芙拉米妮雅　這沒什麼！為女士拉裙擺，是個禮俗，你不明白那僕役是依禮俗行事。

阿樂甘　這麼說，這又[37]是一種尊榮囉？

芙拉米妮雅　是啊！沒錯。

阿樂甘　見鬼了[38]！這樣的尊榮實在可笑，而且得來太容易。我跟著他們笑，倒是笑對了。

芙拉米妮雅　很高興看你笑顏逐開。我離開後，你有沒有好好飽餐一頓呢？

36　根據當時宮廷禮儀，國王都是單獨用膳，朝廷眾臣和佞人不但會在這時候前往觀看，連國王晨起和就寢也是在眾目睽睽下進行。

37　在第一幕第九場，阿樂甘曾為了有一列僕役尾隨其後的另一項尊榮而吃驚不已。

38　"pardi"。

阿樂甘 啊！該死[39]！他們端來的可都是外國[40]來的山珍海
味啊！你們這裡的廚子燉得一手好肉，他的手藝讓
我無法抗拒。我爲席勒薇雅和妳[41]的健康乾了不少
杯，如果你們因此生病了，可不是我的錯唷！

芙拉米妮雅 什麼？你沒有忘記我嗎？

阿樂甘 我一旦交了朋友，就不會忘掉對方，尤其是吃飯的
時候。對了，說起席勒薇雅[42]，她還和她的母親在
一起嗎？

提符藍 唉！阿樂甘大人，您還是念念不忘席勒薇雅嗎？

阿樂甘 我說話的時候，你別插嘴[43]！

芙拉米妮雅 提符藍，你[44]的確不該插嘴。

提符藍 什麼？我錯了嗎？

芙拉米妮雅 是啊！他想談什麼，就談什麼，你爲什麼要阻止他

39　"morbleu"。

40　這些食物並不一定來自外國，很可能只因為阿樂甘沒有嚐過這樣的美
　　味，便認定是外國來的。

41　芙拉米妮雅現在在阿樂甘心目中，幾乎已和席勒薇雅並列於同等地
　　位。

42　阿樂甘飽餐一頓過後，又有芙拉米妮雅的陪伴，幾乎就要忘了席勒薇
　　雅的存在。

43　阿樂甘儼然擺起主人的架勢來了。他已經對提符藍用過棍棒（第一幕第
　　九場），稍後仍是以暴力威脅（雙耳不保）。事實上，在他所處的時代和
　　社會裡，這類專制殘暴的主人不少，因此他也不乏壞榜樣，自己當主
　　人的時候，便有樣學樣，以虐待僕人為理所當然。

44　在原文裡，芙拉米妮雅稱提符藍為「您」。然而在這芙拉米妮雅一手
　　策畫的「戲中戲」裡，提符藍是阿樂甘的僕役，而芙拉米妮雅又已成
　　為阿樂甘的好朋友，因此我們將原文的「您」更動為「你」，特此聲
　　明。

呢？

提符藍 芙拉米妮雅，您對親王倒是忠心耿耿啊[45]！

芙拉米妮雅 (驚駭貌[46])阿樂甘，這人遲早會為了你而給我添麻煩。

阿樂甘 (勃然大怒[47])親愛的，他不敢。(對提符藍)你這遊手好閒的小子，聽你這麼一說，我才知道芙拉米妮雅對親王忠心耿耿。給我聽好！我是你的主人，如果你敢告狀，引起親王對這善良[48]的好女孩不滿，我保證讓你的兩隻耳朵不保。

提符藍 我不怕您的威脅，我只不過是克盡職責而已。

阿樂甘 我會讓你的兩隻耳朵不保，聽懂了嗎？給我滾！

提符藍 我別無選擇，所以不跟你計較這一切。但是芙拉米妮雅，咱們等著瞧！

(阿樂甘欲追上前與之理論，遭芙拉米妮雅制止。他回來時說道)

---

45 提符藍語中帶刺，他是這「戲中戲」裡的一角，早已和芙拉米妮雅串通好，故意造成對立局面，使芙拉米妮雅更得以向阿樂甘靠攏。

46 在這場「戲中戲」裡，芙拉米妮雅演技一流。她故作驚駭，暗示阿樂甘提符藍會告密，使她因阿樂甘而遭受親王迫害，好讓阿樂甘來保護她。

47 阿樂甘本來眉開眼笑，現在卻為了護衛芙拉米妮雅而動怒，由此可見芙拉米妮雅在他心目中的地位。此外，在原文中，阿樂甘一直稱呼提符藍為「您」，只有這裡才改口為「你」，足見他的憤怒。

48 阿樂甘受了芙拉米妮雅的欺哄，以為她是個需要保護的善良弱女子，只有觀眾和提符藍才認識芙拉米妮雅的真面目。

【第六場】

人物　　　阿樂甘、芙拉米妮雅

阿樂甘　　太可怕了！這裡只有一個人講道理，沒想到我跟她說話，別人還來找碴！親愛的芙拉米妮雅，現在讓我們自由自在地談論席勒薇雅[49]吧！她不在我眼前的時候，只有妳陪伴我才行。

芙拉米妮雅（單純貌）你的厚愛，我會銘記在心。只要能讓你們兩人滿意，我什麼都願意做。而且，阿樂甘，你德高望重，眼見他們這樣惹你傷心，我感同身受，心中的難過不下於你。

阿樂甘　　好心眼的姑娘！每次妳爲我打抱不平，我就感到心平氣和，不再傷心難過了。

芙拉米妮雅當然，誰不同情你？誰不關心你呢？阿樂甘啊！你不知道自己的身價啊[50]！

阿樂甘　　這倒有可能，我從來沒注意過這個問題。

49　兩人當中，當然是阿樂甘首先提到席勒薇雅。但是狡猾的芙拉米妮雅立刻轉移話題，把談話重心移到她和阿樂甘的關係，最後完全轉移到她自己身上。

50　芙拉米妮雅這幾句話帶有雙重涵義。除了表面上點出阿樂甘的價值外（親王的恩寵），也間接透露阿樂甘對她個人的意義，以及嫁給阿樂甘以後，財富、地位上的改變。

芙拉米妮雅　我沒權沒勢，你不知道這對我有多麼殘忍！但願你
　　　　　　能讀透我的心！

阿樂甘　　　唉！可惜我不識字，沒法子讀[51]，不過妳可以解釋
　　　　　　給我聽啊！呸[52]！就算只是爲了讓妳放心，我願意
　　　　　　不再難過了。慢慢來，事情會迎刃而解的。

芙拉米妮雅　（語氣憂傷）不！一切都完了，我將永遠見不到你稱
　　　　　　心滿意的樣子，提符藍會傳話，我將被迫與你分開，
　　　　　　誰知道他們會把我送到哪裡去呢？阿樂甘，這也許
　　　　　　是我最後一次和你說話，從此以後，我活在這世界
　　　　　　上再也沒有什麼意思了。[53]

阿樂甘　　　（憂愁貌）最後一次？我真是倒楣透頂！我除了那可
　　　　　　憐[54]的心上人以外，一無所有，而他們卻綁架了她，
　　　　　　難道現在連妳也要被帶走嗎？我哪來的勇氣承受這
　　　　　　一切呢？這些人以爲我是鐵石心腸嗎？他們真的那
　　　　　　麼殘忍，想置我於死地嗎？

51　阿樂甘在玩文字遊戲。芙拉米妮雅說：「但願你能讀透我的心！」（"si
　　vous lisiez dans mon coeur."）"lire"原意是「讀」，在這裡解釋為「了
　　解」。傳統上，阿樂甘喜歡把一個字或片語的抽象意義照字面意思來
　　解釋，造成喜劇效果，這裡便是一個典型的例子。

52　"par la mardi"。

53　這一場和第二幕第三場是相互對應的兩場。在第二幕第三場中，「假
　　軍官」為了打動席勒薇雅的心所說的話，和芙拉米妮雅在這裡所用的
　　技倆其實大同小異。他們都提到就要和對方分離，也一語雙關地表示
　　自己將會永遠愛著對方，默默承受分離之苦。這樣哀怨動人的場面果
　　然奏效，席勒薇雅和阿樂甘都為之動容，分別透露了一點動搖之意。

54　因為席勒薇雅是被挾持至此。

芙拉米妮雅 無論如何，希望你永遠不要忘了芙拉米妮雅[55]。她
一心牽掛的，就是你的幸福啊。

阿樂甘 親愛的，妳逮住我的心，令我左右爲難，請給我一
點意見吧！我懊惱的時候，總是六神無主，說說妳
的看法，讓我們想一想該怎麼辦吧！我必須深愛席
勒薇雅，但是又得把妳留在身邊；我既不能讓我的
愛情妨礙我們的友誼，也不能讓我的愛情因爲這友
誼而遭殃，真是進退兩難啊！[56]

芙拉米妮雅 我的命運真是坎坷多舛！我自從失去心上人以後，
只有你的陪伴能夠平靜我心。有了你，我重拾生機，
你的長相和他神似，有時候，我竟錯以爲和我說話
的人是他。在這世界上，就只有你們兩人讓我心儀。

阿樂甘 可憐的女孩！惱人的是，我愛席勒薇雅，否則，我
將樂意長得酷似妳的心上人。說到這裡，妳的心上
人長得挺俊俏囉？

芙拉米妮雅 我不是跟你說過，你們的長相神似，你簡直就是他
的化身嘛[57]！

阿樂甘 妳很愛他囉？

---

55 古典悲劇裡，人物提到自己時，經常使用第三人稱。馬里伏這是故意
模仿，刻意製造喜劇效果，因爲觀眾都知道，芙拉米妮雅的悲傷是僞
裝的。

56 在第二幕第三場，席勒薇雅面對「假軍官」，也曾同樣左右爲難：「如
果我早知道繼之而來的是您，必會等候您；但是您運氣不佳，因此也
造成我的痛苦。」

57 芙拉米妮雅不放棄任何奉承阿樂甘的機會。

芙拉米妮雅　阿樂甘，瞧瞧你自己多麼討人喜歡，就知道我愛他
　　　　　有多深了[58]。

阿樂甘　　　妳答話輕柔婉約，沒人比得上，妳對我親切友善，
　　　　　無微不至。雖然我從來不覺得自己有妳說的那麼俊
　　　　　俏，不過，既然妳這麼愛我那翻版[59]，想必原版[60]
　　　　　也差不到哪兒去。

芙拉米妮雅　我想，你會比他更得我心；但是，恐怕我長得不夠
　　　　　漂亮，配不上你。

阿樂甘　　　（熱情激動）呸[61]！妳有這樣的想法，實在太迷人
　　　　　了。

芙拉米妮雅　你讓我六神無主，我得走了。要強迫自己離開你，
　　　　　實在痛苦難當；不過，我們之間能有什麼結果呢？
　　　　　別了！阿樂甘，如果親王恩准，你我還有相見的時
　　　　　候。我真不知道自己怎麼了[62]！

阿樂甘　　　我也是。

芙拉米妮雅　看到你，我心雀躍不已！

阿樂甘　　　我樂意讓妳高興，妳就盡情地看吧！而我也會如法

58　狡猾的芙拉米妮雅一語雙關：她不僅道出對已故情人的深情，同時也
　　暗示阿樂甘自己有多麼喜歡他。

59　也就是芙拉米妮雅已故的情人，因為芙拉米妮雅說他長得酷似阿樂
　　甘。

60　也就是阿樂甘本人。阿樂甘對芙拉米妮雅的讚美深表同意。

61　"par la sambille"：此咒語由"par le sang de Dieu"而來。

62　即使芙拉米妮雅在前一場開頭曾經透露阿樂甘令她心動，這句話還是
　　偽裝出來的。她藉此向阿樂甘表示並未料到自己會愛上他，因而感到
　　六神無主，不知所措。

炮製回報妳[63]。

芙拉米妮雅 （動身離去）我不敢這麼做[64]，再見了！

阿樂甘 （獨自一人）這地方配不上這個女孩，萬一不幸席勒薇雅離開我，我想我在絕望之餘，就會帶她回家去。

---

63 也就是說，他也會盡情地看芙拉米妮雅。

64 芙拉米妮雅並非真的不敢看阿樂甘，而是擔心自己越看他就越無法自拔，更加離不開。當然，這害怕也是偽裝的。

【第七場】

人物　　　提符藍（進場時一位爵爺[65]尾隨其後）、阿樂甘

提符藍　阿樂甘大人，您木劍耍得真好[66]，我又出現在您的面前，肩膀是否又要受罪了？

阿樂甘　只要你肯安分，我就會善待你。

提符藍　這兒有位大人求見。

（爵爺走近，頻頻行禮[67]致意，阿樂甘答禮）

阿樂甘　（私下說道）我曾經在哪兒看過這個人。

爵爺　阿樂甘大人，我有事相求，但是，不知是否會打擾到您？[68]

阿樂甘　不會，大人。事實上，這對我無關痛癢。（見爵爺戴著帽子）您只需告訴我，我是否也該戴上帽子。

爵爺　您無論怎麼穿戴，我都覺得很榮幸。

65　正如麗芷特在第二幕第二場所扮演的朝廷仕女一樣，這位爵爺也沒有姓名。馬里伏這麼做別有用意：沒有姓名的朝廷仕女和沒有姓名的爵爺，代表和他們同一階級、同一類型的人物，藉此諷刺朝廷裡愛賣弄風情的女人和喜好阿諛奉承的佞人。

66　提符藍指的是阿樂甘的木棍，由此可見他多麼懂得奉承。

67　原文「行禮」用的是複數"faire des révérences"，可見得這爵爺禮多必詐。而這也讓鄉下粗人阿樂甘模仿對方頻頻答禮時，有耍寶、製造喜劇效果的機會。

68　阿樂甘的粗俗無禮，突顯爵爺的客套和卑躬屈膝誇張可笑。

阿樂甘	（戴上帽子）既然您這麼說，我就相信了。大人，我能為您做什麼？不過，不要恭維我，因為我不懂得客套，您別白費力氣。
爵爺	我絕非客套，只是聊表敬意。
阿樂甘	鬼話連篇！大人，我對您的臉孔並不陌生，我似乎在什麼打獵的場合見過您，當時您正吹著號角[69]，我經過的時候，向您脫帽致敬，您還欠我一個脫帽禮呢！
爵爺	什麼？我沒有回禮嗎？
阿樂甘	根本沒有。
爵爺	這麼說，我沒有看到您行禮囉？
阿樂甘	噢！當然看到了，只不過您當時沒事找我幫忙，所以，我的脫帽禮就白幹了。
爵爺	這不像我的作風啊！
阿樂甘	當然，脫不脫帽，對您毫無損失。咱們言歸正傳，您找我有什麼事？
爵爺	請您大發慈悲幫幫我。事情是這樣的，我在親王面前談起您的時候，不幸語氣隨便……
阿樂甘	您可以再說，這不像您的作風[70]，不就得了！
爵爺	是啊！但是親王暴跳如雷。
阿樂甘	所以，親王不喜歡毀謗別人的人囉？

69　事實上，這位冒牌爵爺只是親王的僕役，他在打獵時負責吹號角的任務。

70　因為爵爺之前就是這麼打發掉自己打獵時未向阿樂甘回禮一事。

爵爺	您說的是。
阿樂甘	噢！噢！這我喜歡，他是個正人君子，要不是他扣留我的心上人，我會對他讚賞有加。他對您說了什麼？說您沒教養嗎？[71]
爵爺	是的。
阿樂甘	親王言之有理，您有什麼好抱怨的？
爵爺	事情不只如此。親王對我說：阿樂甘是個誠實正直的男孩，我希望你們個個純樸率真如他，我敬重他，你們也要特別禮遇他。我為了自己的私情，不得已傷害了他的愛情，內心深感歉疚。
阿樂甘	（動容貌）該死[72]！我願意為他效勞。老實說，我對他肅然起敬，也不再那麼生他的氣了。
爵爺	接著，他命令我退去，朋友紛紛設法替我說情。
阿樂甘	你們臭氣相投，就算這些朋友得跟您一起滾，也不是什麼壞事。
爵爺	親王也對他們大發雷霆。
阿樂甘	他從他家裡清除一群壞胚子，但願老天爺祝福這個好人[73]。

71　在接下來的應答中，阿樂甘可說是幸災樂禍，以他的天真和直接，諷刺地批評爵爺的所作所為。這一場和第二幕第二場相互對應，來自鄉下的席勒薇雅和阿樂甘分別面對代表朝廷的兩個人物（麗芷特所扮演的朝廷貴婦和一位爵爺），然兩情人的反應卻不相同。麗芷特的傲慢觸怒了席勒薇雅，挑起她的虛榮心和復仇心；相反地，阿樂甘以他天真的眼光觀看宮廷陋習，對爵爺的話幾乎是逐句評論嘲笑。

72　"par la morbleu"。

73　親王雖然不在場，倒是間接得到阿樂甘的好感，從中獲益。

爵爺	除非您替我們求情，否則我們無法繼續晉見親王。
阿樂甘	各位大人，聽我的話，你們就隨處去吧！祝你們一路順風。
爵爺	什麼？您不願意替我求情？如果您拒絕助我一臂之力，我就完全毀了。我不能晉見親王，還留在朝廷做什麼？這就像遭到放逐一樣，我只能回我的封地去了。
阿樂甘	什麼？遭到放逐？這麼說，您唯一的損失，就是被遣送回家，吃喝自己的財產囉？
爵爺	實情就是這樣。
阿樂甘	您可以回家過著安定舒適、三餐[74]正常的生活？
爵爺	沒錯，這有什麼奇怪嗎？
阿樂甘	您不是在騙我吧！毀謗他人，真的會遭到放逐？
爵爺	這是常有的事。
阿樂甘	（雀躍不已）就這麼決定了，我這就開始任意毀謗他人，並且通知席勒薇雅和芙拉米妮雅[75]如法炮製。
爵爺	為什麼要這麼做呢？
阿樂甘	因為我啊！我希望遭到親王放逐。照他懲罰人們的方法，我認為受罰比領獎更有賺頭。
爵爺	無論您怎麼想，請為我求情，免得我受懲罰。更何

---

74 原文是「四餐」"quatre repas"，即早餐"le déjeuner"、午餐"le dîner"、點心"la collation"和晚餐"le souper"。

75 阿樂甘在前一場末尾雖然表示，萬一席勒薇雅被搶走了，他在絕望之餘，便會帶芙拉米妮雅一起回家；但事實上，兩個女孩他都已無法割捨，在這裡，他無意中說出自己想同時帶走兩個人。

況，我當時說的，也不是什麼大不了的壞話。

阿樂甘　　您說了什麼？

爵爺　　　我說過了，沒什麼大不了的。

阿樂甘　　說來聽聽！

爵爺　　　我說，您看起來天真單純，是個真誠的男孩。

阿樂甘　　（開懷大笑）說得更直接，就是個頭腦簡單的人。不過，我看起來頭腦簡單，您看起來足智多謀，這又如何呢？因為這樣，就可以以貌取人嗎？您就只說了這些嗎？

爵爺　　　不只這些。我只不過又說，您到處成為笑柄。

阿樂甘　　當然囉！我是有樣學樣[76]啊！這些就是您的罪狀囉？

爵爺　　　是的。

阿樂甘　　開玩笑，您根本不配遭到放逐，這簡直是憑白無故交好運嘛！

爵爺　　　管他是不是憑白無故，交不交好運，請您阻止這件事。像我這樣的人，只適合在朝廷生存。若要成為朝廷顯貴、有能力報仇雪恥，上策便是討好親王，耕耘當權者的友誼。

阿樂甘　　我寧可耕耘一塊肥土，或多或少總會有點收穫；反觀，當權者的友誼，我懷疑既難得又難保。

爵爺　　　事實上，您言之有理。有時候他們反覆無常，我們

76　阿樂甘語帶諷刺，他的意思是，宮廷裡的人比他更可笑，他只不過模仿他們而已。

也只是敢怒不敢言，總要投其所好、曲意逢迎，才能仗其勢力報仇雪恥。

阿樂甘　居然有這種交易！簡直是靠挨打換取特權，再仗著特權棒打別人，這樣的虛榮心，真是古怪。你們這些人看起來一副卑躬屈膝的模樣，沒想到竟然這麼愛慕虛榮。

爵爺　我們就是在這樣的環境長大的。對了，其實您不用費吹灰之力，就可以讓我重新得寵，因為，您和芙拉米妮雅滿熟的吧？

阿樂甘　是啊！她是我的紅粉知己。

爵爺　她是王室軍官之女，頗得親王好感。我在鄉下有個小表弟，家財萬貫，對我言聽計從。我打算撮合他們倆，替芙拉米妮雅開財路，請您向親王稟告我的計畫，如此一來，我便可以重新得寵。

阿樂甘　話是這麼說沒錯，可是這條路不適合我的親友，我痛恨別人娶走我的紅粉知己，所以您用不著替您的小表弟撮合什麼。

爵爺　我本來以為……

阿樂甘　那就別再以為了。

爵爺　那麼，我就放棄我的計畫了。

阿樂甘　我答應替您說情，但是千萬要記得，別讓那小表弟介入。

爵爺　我感激涕零，告辭了，阿樂甘大人，我等您的好消息。

阿樂甘　　　我願意爲您效勞。見鬼了，我倒是威信十足，竟然
　　　　　　可以呼風喚雨。絕對不可以讓芙拉米妮雅知道那小
　　　　　　表弟的事[77]。

77　阿樂甘不希望芙拉米妮雅嫁給爵爺的小表弟，因此不想讓她知情。

【第八場】

人物　　　　阿樂甘、芙拉米妮雅(進場)

芙拉米妮雅 親愛的，我替你把席勒薇雅帶來了，她隨後就到。

阿樂甘　　我的朋友，妳應該早點過來通知我，我們就可以邊
　　　　　　等她邊聊天了。

　　　　　　(席勒薇雅進場)

【第九場】

人物　　　阿樂甘、芙拉米妮雅、席勒薇雅

席勒薇雅　日安，阿樂甘。噢！我剛才試穿一件漂亮的衣服，
　　　　　如果你在場，一定會覺得我美若天仙，問問芙拉米
　　　　　妮雅就知道了。啊！如果我穿上這些衣服，這兒的
　　　　　女人一定大失所望，再也不會嫌我土裡土氣了。噢！
　　　　　這裡的裁縫手藝真是巧奪天工！[78]

阿樂甘　親愛的，如果不是妳長得如花似玉，他們的手藝再
　　　　　巧也沒用啊！

席勒薇雅　如果我長得如花似玉，阿樂甘，你不也是一表人才
　　　　　啊！[79]

芙拉米妮雅　看你們笑顏逐開，我總算感到欣慰。

78　在虛榮心及女人天生愛美心理的作祟下，現在的席勒薇雅與第一幕第
　　一場相較，前後判若兩人。宮廷的豪華富麗深深吸引她，她開始否定
　　過去的自己，承認自己土裡土氣，甚至願意穿上親王贈與的華服和宮
　　廷裡的女人相較量。

79　阿樂甘和席勒薇雅上次見面，是在第一幕第十一到十三場，當時他們
　　為了彼此的遭遇憂傷不已，並且互相勉勵要堅強忍耐到底。之後席勒
　　薇雅去會見母親、試穿新衣，阿樂甘則享用山珍海味、參觀王宮。現
　　在他們再次見面，談話內容已非兒女私情，而是各自在宮廷裡的所見
　　所聞。他們一見面，並非問候彼此狀況、關心對方的心情，而是世俗
　　地互相恭維，接著炫耀各自的虛榮。

席勒薇雅	當然！既然他們不再糾纏我們，那麼待在這裡也不錯[80]，我們彼此相愛，到那兒都一樣。
阿樂甘	什麼？糾纏！誰還敢再糾纏我們？只要有人說了對我失敬的話，就得奉命前來向我討饒呢！
席勒薇雅	（滿意貌）我的情形也一樣。有位小姐嫌我長得醜，我正等她來向我懺悔呢！[81]
芙拉米妮雅	從今以後，如果有任何人得罪你們，只要告訴我一聲就好了。
阿樂甘	說到這一點，芙拉米妮雅待我們情同手足。（他對芙拉米妮雅說）同樣的，我們對妳也彼此彼此。
席勒薇雅	阿樂甘，你猜我在這兒還碰到誰了[82]？就是我的仰慕者，那位長得英俊挺拔，過去屢次造訪的大人。他也是心地善良，我希望你們成爲好朋友。
阿樂甘	（漫不經心）好極了，只要是好交易，我都贊成。
席勒薇雅	他看上我，畢竟不是什麼壞事。比起那些不在乎我們的人，還是讓這些喜愛我們的人相伴隨好，不是

80　席勒薇雅在宮廷裡可以滿足虛榮心、試穿華服，更重要的是，可以時常見到令她心儀的「假軍官」，所以她願意待在宮廷，犧牲和阿樂甘獨處的機會。

81　阿樂甘和席勒薇雅雖然都未直接提到親王，但兩人都對自己在宮廷所受的尊榮和禮遇感到滿意，也不再理會被挾持而來的事實。親王已經逐漸贏得兩人的心。

82　席勒薇雅急著向阿樂甘表達內心的喜悅。兩情人的改變幾乎是同時並進的：當阿樂甘提及芙拉米妮雅的友善時，席勒薇雅則立刻想到她的「仰慕者」。他們再次分離的短暫時間裡，兩人分別交了一個朋友，彼此間也開始疏遠。

嗎？

芙拉米妮雅　這當然！

阿樂甘　（愉快貌）芙拉米妮雅很關心我們，把她算進去，我
　　　　們就成了雙雙對對的四人組[83]了。

芙拉米妮雅　阿樂甘，您對我友誼情深，我永遠難忘。

阿樂甘　啊！為了慶祝這大團圓，我們就去吃頓下午茶[84]，
　　　　開開心吧！

席勒薇雅　走吧！走吧！阿樂甘，我們現在可以自由見面，就
　　　　不必再自我約束了[85]，盡情地享受吧！
　　　　（阿樂甘示意芙拉米妮雅同行[86]）

芙拉米妮雅　（見其手勢，說道）我跟你們去，多一個人加入，可
　　　　以陪伴席勒薇雅。

83　"nous serons partie carrée"：表面上字意是，「我們就成了兩對四人」。
　　但事實上，"la partie carrée"本來是兩對男女互相交換性伴侶的情色遊
　　戲，阿樂甘趁機開了黃腔。

84　"la collation"：午餐"le dîner"和晚餐"le souper"之間的便餐。

85　對照第一幕第一場，席勒薇雅思念阿樂甘，不肯進食。

86　阿樂甘現在已經少不了芙拉米妮雅的陪伴。

【第十場】

人物	麗芷特（幾位受託前來作證的婦女[87]尾隨在後，入場後站在其後方）、席勒薇雅（麗芷特頻頻行禮）
席勒薇雅	（微怒）小姐，既然您嫌我行起禮來笨手笨腳，就別老是行禮了，免得我還得回禮[88]。
麗芷特	（語調憂傷）大家都覺得您婀娜多姿、生得花容月貌呢！
席勒薇雅	大家對我的新鮮感很快就會消失。您看我這模樣，並非故意討好，我很懊惱自己生得花容月貌，讓您望塵莫及。
麗芷特	啊！真叫人難堪！
席勒薇雅	您實在沒必要爲了一個小村姑嘆氣。小姐，您先前

87　這幾個婦女雖然是啞角，但卻非常重要。她們和麗芷特一樣，屬於宮廷，甚至可能就是如芙拉米妮雅所言（見第二幕第一場），「齊聚一堂」對席勒薇雅「品頭論足」的女人。因此，在這些女人面前，席勒薇雅絕對不會允許自己示弱、任麗芷特所扮演的貴婦欺負，相反地，她必須把握這個機會還以顏色，教訓她們。所以，她對麗芷特尖酸刻薄的態度，也是在間接警告其他的人。

88　席勒薇雅對麗芷特先前的侮辱（見第二幕第二場）懷恨在心，所以兩人再度會面，她立刻顯得盛氣凌人，說起話來更是尖酸刻薄（她用了許多驚嘆句、命令句和疑問句）。麗芷特暗地裡奉芙拉米妮雅的指示，再次前來激怒席勒薇雅，理應是由她先發難，但是席勒薇雅不待她「出擊」，已經先下手為強了。

那副伶牙俐齒的本事，到哪兒去了？難道，該說好話的時候，您就木訥起來了嗎？

麗芷特　我真不知如何開口。

席勒薇雅　那就保持沉默吧！因爲，無論我生得美或醜，這容貌永遠不變，就算您一直這麼哀聲嘆氣到明天，我也不會變得更醜。您找我有何貴幹？難道，先前的非難和侮辱，還不夠嗎？如果是這樣，您就說個痛快吧！

麗芷特　小姐，饒了我吧！我先前與您怒目相向，連累了全家人[89]。親王命我前來賠罪，請您接受我的道歉，別再挖苦我了。

席勒薇雅　我知道，要一個愛慕虛榮的人低聲下氣，實在不容易；然而，人一旦被激怒，說話難免惡毒不饒人[90]。現在，事情就這麼解決，我不會再挖苦您了。我同情您的處境，不計前嫌。當初您爲什麼看不起我？

麗芷特　我本以爲親王傾心於我，並自認爲受之無愧；現在我才明白，海畔有逐臭之夫[91]。

席勒薇雅　（激動貌）是啊！您等著瞧，親王就是因爲我土裡土

89　由此可見，「假軍官」必定已經按他所答應的（第二幕第三場），將麗芷特冒犯席勒薇雅一事稟告親王。

90　席勒薇雅所謂「愛慕虛榮的人」指的是麗芷特，後面這一句，則是設法爲先前的態度自圓其說。

91　麗芷特的意思是說，親王喜歡席勒薇雅，並非因爲她丰姿婷約、儀態萬千，相反地，是看上她的土裡土氣、與眾不同，正如接下來席勒薇雅負氣所說的反話，「親王就是因爲我土裡土氣、其貌不揚而投懷送抱的」。

　　　　　　氣、其貌不揚而投懷送抱的！這些醋罈子真是瘋
　　　　　　了。

麗芷特　　是啊！我承認我是醋罈子。可是，您既然不愛親王，
　　　　　　就幫我讓他重燃舊情吧！我確定他並不討厭我，如
　　　　　　果您放手讓我去做，我可以治好他對您的情意。[92]

席勒薇雅　（惱怒貌）我想，這並非您能力所及，您什麼也治不
　　　　　　好的。

麗芷特　　我偏偏認爲我辦得到，畢竟，我既不笨手笨腳，也
　　　　　　不會惹人嫌。

席勒薇雅　得了！得了！談點別的吧！您這些優點，我已經聽
　　　　　　厭了。

麗芷特　　您的回答可真奇怪[93]！無論如何，不出幾天，我們
　　　　　　便可以看出我的本事了。

席勒薇雅　（激動貌）是啊！我們等著看您做些無意義的事。當
　　　　　　然，我會去見親王，他呀！知道我暴跳如雷，到現
　　　　　　在還不敢來找我說話呢[94]！但是，爲了見識您的能
　　　　　　耐，我會鼓勵他放膽來追求我。[95]

92　聽完麗芷特低聲下氣地道歉和求饒，席勒薇雅幾乎就要心軟，開始改
　　變口氣和態度，然而麗芷特的任務並非眞的來求和解，而是來挑釁，
　　因此她立刻另啓戰端，表示要從席勒薇雅手中奪回親王的心。
93　麗芷特認為席勒薇雅不愛親王，卻拒絕幫她忙，實在說不過去。
94　席勒薇雅雖然拒絕親王的追求，對於自己能夠雀屏中選仍然沾沾自
　　喜，並藉機在敵手面前誇耀。
95　麗芷特的挑戰（奪回親王的心）再次挑起席勒薇雅的虛榮心和嫉妒心。
　　她絕對不會允許這位曾經看不起她（甚至仍然看不起她）的女人成為她
　　的情敵，取代她在親王心目中的地位，所以她掉入陷阱，接受麗芷特

麗芷特　　告辭了，小姐，我已經奉命行事，向您陪過不是了。
　　　　　請忘掉您我之間發生過的一切，從此以後，我們就
　　　　　各展所能吧！

席勒薇雅　　（粗暴地）走吧！您走吧！我根本不在乎您的存在
　　　　　呢！

投下的戰書，以期向麗芷特和宮廷裡其他的女人證明自己並不輸給任
何人。這兩個女人的爭執關鍵是親王，阿樂甘已不再是席勒薇雅擔心、
在乎的對象。在第二幕第七場，阿樂甘也幾乎要面對一個情敵（爵爺的
小表弟），但是他以一貫直接、率真的態度，一口就替芙拉米妮雅回絕
爵爺安排的婚事，免除其他的麻煩；反觀，席勒薇雅接受挑戰後，麻
煩才開始：為了滿足自己的虛榮心，她必須擺脫阿樂甘、放棄她喜歡
的「假軍官」，因而造成自己進退兩難的窘境。

【第十一場】

人物　　　　席勒薇雅、芙拉米妮雅（進場）

芙拉米妮雅　席勒薇雅，我看妳情緒激動，到底怎麼了？

席勒薇雅　我生氣了。剛才這蠻橫的女人，表面上是來賠罪，
　　　　　　說起話來卻尖酸刻薄，把我氣得暴跳如雷。她說親
　　　　　　王對我傾心，是因爲我長得醜；她認爲自己國色天
　　　　　　香、儀態萬千，比我更迷人，能夠治好親王對我的
　　　　　　愛意，還表示就要開始行動，要我拭目以待等等，
　　　　　　天知道她還對我品頭論足，胡說了些什麼[96]！妳說
　　　　　　這氣不氣人？

芙拉米妮雅　（激動關心貌）聽著，如果妳不設法堵住這些人的
　　　　　　嘴，恐怕就得一輩子躲起來，見不得人了。[97]

席勒薇雅　我不是不願意反擊，但是礙於阿樂甘，讓我感到很
　　　　　　爲難。[98]

96　相較於前一場兩人對峙的實際情形，席勒薇雅在盛怒下複述麗芷特的
　　態度時，似乎加油添醋，歪曲麗芷特的話語。

97　芙拉米妮雅再度趁機煽風點火，她所謂「堵住這些人的嘴」的方法，
　　其實就是接受親王的情意，成爲宮中最有權勢、最受寵的女人，令麗
　　芷特和其他人眼紅。

98　對席勒薇雅而言，阿樂甘不再是她朝思暮想的情人，他開始成爲一個
　　妨礙，是她不願意去想、也不希望見到的人。

芙拉米妮雅　啊！這下子我懂了，妳和阿樂甘相愛的不是時候，這愛情來得很不合時宜。

席勒薇雅　噢！談起男女交往，我總是運氣不佳。

芙拉米妮雅　可是，如果妳成爲眾人笑柄，黯然離開宮廷，阿樂甘會作何感想？他會開心嗎？

席勒薇雅　妳的意思是，他就不會這麼愛我了嗎？

芙拉米妮雅　這不能不擔心啊[99]！

席勒薇雅　這倒提醒我一件事：妳不覺得，自從我們來到這裡以後，阿樂甘對我稍嫌怠忽嗎？剛才他竟然丟下我去喝下午茶呢！他可真會找藉口！

芙拉米妮雅　我也注意到了。咱們都是女孩子[100]，我問妳一個問題，妳可要老實說：妳真的那麼愛這男孩嗎？

席勒薇雅　（無所謂貌）這當然，我當然愛他，我必須[101]這麼做。

芙拉米妮雅　妳想聽聽我的意見嗎？你們看起來根本不相配：妳聰明伶俐、品味典雅、儀態高貴；阿樂甘則笨手笨腳、俗不可耐，兩個人實在不協調，我不明白妳爲什麼會愛上他，我甚至認爲，你們的交往對妳有害無益。[102]

99　芙拉米妮雅挑撥離間，試圖造成兩情人間的誤解，破壞他們的感情。

100　芙拉米妮雅一再以「同爲女人」爲由，拉攏席勒薇雅，誘使她傾吐心意，並適時給予有利於親王的建議。

101　席勒薇雅在第二幕第一場說過，「誠實善良」的女孩，應該「忠貞不渝」。

102　爲了贏得阿樂甘和席勒薇雅的信任，芙拉米妮雅在第一幕第十一場曾

席勒薇雅　妳站在我的立場想想吧！阿樂甘是地方上最過得去[103]的男孩，他和我同村，是我的鄰居。我性情開朗，他滑稽逗趣，時常逗我開心。他愛我，和我形影相隨，起初，我習慣看到他，漸漸地，習慣成自然，我沒有更好的選擇，於是也愛上他。但是，我一直注意到，他嗜好美酒佳餚。

芙拉米妮雅　他身為溫柔可愛的席勒薇雅之心上人，這樣的癖好，實在要不得。所以，妳打算怎麼做？

席勒薇雅　我不知道該怎麼說，我說好也不是，說不好也不是，真是心亂如麻。一方面，阿樂甘滿腦只有山珍海味，對我心不在焉[104]；而我如果就此被遣送回鄉，那些愛慕虛榮的女人，一定會到處造謠，以致大家對我說：「妳長得不夠漂亮，還是滾回去吧！」另一方面，我在這裡和那位大人重逢……

芙拉米妮雅　什麼？

席勒薇雅　我偷偷告訴妳，我不知道他到底對我做了什麼[105]，自我們重逢以來，他一直溫柔多情，對我甜言蜜語，談情說愛的時候，態度謙恭有禮[106]。我真同情他的

　　　對席勒薇雅說：「好好地愛阿樂甘吧！他值得妳這麼做。」如今她卻
　　　說出完全相反的話。

103　在第一幕第十二場，席勒薇雅說阿樂甘是地方上「最俊秀的男孩」，
　　　如今阿樂甘卻只是「最過得去的男孩」，原來他只是席勒薇雅當初不
　　　得已的選擇！

104　席勒薇雅到了宮廷以後，逐漸注意到阿樂甘的缺點。

105　又是一個「愛的驚喜」，參見導讀〈愛中的徬徨與愛的驚喜〉，頁ix-xi。

106　阿樂甘貪愛美酒佳餚、粗俗難耐，「假軍官」則溫柔體貼、風度翩翩，

處境，幾乎無法自持。

芙拉米妮雅　妳愛他嗎？

席勒薇雅　我想我不愛他，因為我必須愛阿樂甘。

芙拉米妮雅　他很討人喜歡。

席勒薇雅　我也感覺到了。

芙拉米妮雅　說真心話，如果妳放棄復仇雪恥[107]，選擇嫁給他，我也能夠諒解。

席勒薇雅　如果阿樂甘能娶別的女孩為妻，那就太好了。我可以理直氣壯地對他說：「你另結新歡，所以，我也以牙還牙離開你。」[108]但是，這是不可能的，阿樂甘粗魯庸俗，這裡誰會看上他呢？

芙拉米妮雅　妳先別著急，聽我說一句悄悄話：我一直渴望退隱鄉間，阿樂甘的確俗不可耐，我根本不愛他，可是也不厭棄他。以我目前的心態，如果他肯的話，為了讓妳稱心滿意，我非常樂意替妳打發掉他。

席勒薇雅　稱心滿意？可是，我如何才能稱心滿意呢？我的幸福快樂既不在此處，也不在彼方，我至今還在尋找

他們兩人有著天壤之別：阿樂甘結集所有鄉下粗人的缺點，「假軍官」則是上流社會的代表，而席勒薇雅正逐漸習於上流社會的禮儀和習俗，在此情況下，阿樂甘根本不是「假軍官」的對手。若席勒薇雅選擇阿樂甘，她將黯然離開宮廷，成為眾人嘲笑、輕蔑的對象。對她而言，她的自尊心和虛榮心是否受損，這比阿樂甘的感受還重要。

107 芙拉米妮雅所謂「復仇雪恥」，就是嫁給親王，報復麗芷特和其他瞧不起她的人。

108 席勒薇雅已經不愛阿樂甘，但是她要維持自己「誠實善良」女孩的形象，不願意成為兩人當中首先移情別戀的人。

中呢！[109]

芙拉米妮雅 妳心儀的騎士來了，妳今天將會晉見親王，趕快下
決定吧！告辭了，我們很快就會再見面。

109　在這愛情的道路上，席勒薇雅仍在摸索尋找，必須靠著「導戲者」芙
　　拉米妮雅明白指出阿樂甘的種種缺點和親王（假軍官）的相對優點，席
　　勒薇雅才漸漸釐清自己的情感。

【第十二場】

人物	席勒薇雅、親王（進場）
席勒薇雅	您來了！您又來對我談情說愛，使我傷心愁煩。
親王	那位小姐冒犯了您，我來看看她是否已經遵照親王的命令，向您賠過罪了。至於我自己，美麗的席勒薇雅，如果您嫌棄我，厭惡我的愛，只管命令我住嘴，打發我離開，我會從此緘口結舌，俯首聽命，浪跡天涯。我決心對您唯命是從，無怨無悔地忍受痛苦。[110]
席勒薇雅	我不是才說過嗎？您又在談情說愛了，您說了這些話，叫我如何打發您離開？如果我高興，您便從此緘口結舌；如果我高興，您便俯首聽命浪跡天涯；您對我唯命是從，無怨無悔。您希望我任意差遣命令您，這倒是個好方法呀！[111]
親王	把我的命運交由您支配，本就是我最好的選擇啊！

110　參見第二幕第三場注釋28。

111　這是出於感嘆而說的反話。「假軍官」要席勒薇雅儘管差遣他，但他態度謙卑、話語溫柔，只會造成反效果，令本來就已對他存有好感的席勒薇雅更受感動、更狠不下心命令他離開或傷害他。席勒薇雅在這一場的台詞當中，有許多的「重複對話者的台詞」（參見導讀〈愛中的徬徨與愛的驚喜〉，頁xiii-xv)和感嘆句，足見她的情緒激動。

席勒薇雅	即使我主宰您的命運，又能改變什麼呢？令您黯然
	神傷嗎？我豈能忍心如此？如果我說：您走吧！您
	會以為我厭惡您；如果我要您閉口，您會以為我不
	在乎您；而這些誤解都將使您心如刀割，我會因而
	更加自在嗎？
親王	美麗的席勒薇雅，您要我怎麼做才好呢？
席勒薇雅	我要您怎麼做？我比您更不知所措，正等待別人來
	告訴我該怎麼做才好。阿樂甘愛我，親王向我求愛，
	然而，配得我心的人卻是您；那些女人侮辱我，我
	希望她們受到懲罰；如果我不嫁給親王，將遭到她
	們羞辱；但是阿樂甘令我憂心，您則令我愁煩；您
	對我一往情深，我卻寧願從未認識您。這滿腦子的
	煩惱，令我愁眉不展。
親王	席勒薇雅，您這番話令我深受感動。您不忍見我受
	苦，因為無法愛我而柔腸寸斷；我的柔情蜜意，儘
	管再深再濃，都無法撫慰您的憂傷。
席勒薇雅	只要我願意，我便可以愛您，這無須勉強的[112]。
親王	那麼您就狠下心,任我柔腸寸斷,永遠感嘆惋惜吧！
席勒薇雅	(急躁不安貌)您似乎故意對我深情款款，我警告
	您，這將使我無法自持。您這麼做理智嗎？您可知
	道後果？因為，與其像目前這樣痛苦掙扎，不如全
	心愛您來得容易，如果我做得了主，我將不顧一切

112　席勒薇雅對「假軍官」已有好感，她不需強迫自己的感情。

　　·· 　與您相隨。

親王　　　既然這樣，我不便繼續成爲您的負擔，您希望我離
　　　　　開，我不應該違背心上人的意願。永別了[113]，席勒
　　　　　薇雅！

席勒薇雅　（激動貌）永別了，席勒薇雅？我是跟您開玩笑的。
　　　　　您要去哪兒？別走！我不許您離開！我的意願如
　　　　　何，我本人比您更清楚！

親王　　　我以爲您希望我離開呢！

席勒薇雅　事情真是一團糟！我該如何處理阿樂甘？如果您是
　　　　　親王就好了！

親王　　　（激動貌）如果我就是親王呢？

席勒薇雅　如果您是親王，事情將會改觀。我可以以此爲藉口，
　　　　　告訴阿樂甘，您以親王之尊強迫我屈從，但是，這
　　　　　樣的藉口，我只願意爲您一人動用。

親王　　　（頭一句話私下說）她真是個可人兒！
　　　　　我該表明身分了[114]。

席勒薇雅　您怎麼了？您生氣了嗎？我說我希望您就是親王，
　　　　　並非爲了這個頭銜，完全只爲您一人；因爲，如果
　　　　　您是親王，阿樂甘便不會知道，我接受您是出於兩
　　　　　情相悅[115]。不成！不成！畢竟，這樣的誘惑太大，

113　「假軍官」知道席勒薇雅捨不得他，佯稱自己就要離去，逼迫席勒薇
　　　雅在情急之下表態。

114　親王幾乎就要表明身分，但席勒薇雅隨後的一句話（「就算您是親王，
　　　我也無法下定決心做個背信負義的人。」），又讓他把話吞了回去。

115　席勒薇雅這句話等於間接向「假軍官」坦承她的心意。

我寧願您不是親王；就算您是親王，我也無法下定
決心做個背信負義的人[116]。所以，還是甭說了。

親王　（頭一句話私下說）先別急著告訴她真相[117]。

席勒薇雅，我只懇求您保持您對我的善意。親王爲
您安排了一齣戲，容我善加利用所有與您同行的機
會，陪您前往觀賞。看完戲後，您將晉見親王，他
要我轉告您，如果屆時您仍然不爲他所動，便可以
自由離去。

席勒薇雅　噢！我會像人已離開似的，不容他說任何隻字片
語。等我回到家鄉，您再來看我，誰能預料事情的
發展呢？也許，您有機會得到我呢[118]！走吧！我們
去看戲，免得阿樂甘來了[119]。

116　席勒薇雅所在意的，仍是自己「誠實善良」女孩的形象，而非阿樂甘
　　的感受。

117　根據18世紀和馬里伏同時期的報紙"*Le Mercure*"於1723年4月對齣戲
　　首演的報導顯示，在初版的《雙重背叛》裡，親王於此時向席勒薇雅
　　揭露自己的眞實身分。當時的評論認爲這樣的劇情發展太快，使第三
　　幕顯得空洞而多餘。馬里伏可能因此修改他的劇本，讓親王延至第三
　　幕第九場才表明眞實身分。

118　這句話對席勒薇雅和親王（以及和親王一樣明白眞相的觀眾）而言，意
　　義不同。

119　席勒薇雅珍惜她和「假軍官」獨處的時間，不希望阿樂甘來打斷。第
　　二幕以這句話收場，別具意義：劇情進展至此，席勒薇雅不但心裡嫌
　　棄阿樂甘、不再愛他，還向「假軍官」坦承心意，並邀請他將來到家
　　鄉探望她。席勒薇雅已經完全背叛阿樂甘，她逃避良心的譴責，也無
　　法再面對阿樂甘。因此在下一場，席勒薇雅和阿樂甘兩人再次見面，
　　就是眞相大白、全劇終結的時候了。

第三幕

【第一場】

人物　　　親王、芙拉米妮雅

芙拉米妮雅 是的，殿下，您剛才做得很好，沒有表明身分。即
使席勒薇雅語中充滿柔情蜜意，您遲點再揭露身分
並無妨，如此一來，她才有充裕的時間肯定自己對
您的愛。感謝上天，您幾乎已經大功告成了。

親王 啊！芙拉米妮雅，她真是討人喜愛！

芙拉米妮雅 是的，她的確非常討人喜愛。

親王 她與我在上流社會所見截然不同。在上流社會，當
心上人在愛情攻勢下，明白表示「我愛你」時，的
確會令人喜不自勝；席勒薇雅雖然未曾對我說過「我
愛你」，但是，芙拉米妮雅，前者與她的一席話相

較，卻是無聊空洞、俗不可耐呢！

芙拉米妮雅 殿下，在下斗膽請您重述其中一、二？

親王 不可能，除了說她令我心花怒放、歡天喜地外，我無法複述她的話。

芙拉米妮雅 單憑您的描述，我就可以推測不少事情啊！

親王 她說她必須忠於阿樂甘，無法愛我；又說見我黯然神傷，她不禁柔腸寸斷。她幾乎就要說「求求您，別再愛我了，否則，如果我也愛上您，您就是罪魁禍首了。」

芙拉米妮雅 這遠勝於直接坦承心意。

親王 我再次強調，唯有席勒薇雅的愛才是真愛；其他戀愛中的女人受過特定教育，承襲特定習俗規範，她們的心思經過耕耘，表現出來的言行矯揉造作；反之，席勒薇雅以真心相待，她說的話，字句都是肺腑之言，她的純真便是她的技巧，而她的羞赧就成了她的禮儀教化[1]，這些都令人情不自禁為之著迷。目前，她遲遲不敢回應我的愛，唯一的顧忌，就是尚未獲得阿樂甘同意。因此，芙拉米妮雅，請妳加快腳步，阿樂甘就快被收攏了嗎？妳知道，我不能、也不願意屈之以武啊！他是怎麼說的？

芙拉米妮雅 殿下，不瞞您說，我想他已經死心塌地地愛上我，

1　也就是說，席勒薇雅並不需要上流社會的禮儀教化，她的純真和羞赧就是她的優點，遠比宮廷仕女經過教導、耕耘而表現出來的言行舉止迷人。

只是不自知[2]而已。目前，他仍然稱我爲親愛的朋
友，因此完全不存戒心，毫無顧忌地愛我。

親王　很好。

芙拉米妮雅　噢！我一有機會再和他說話，就要明白點出他和我
之間這個小秘密——這個連他自己也未曾察覺的愛
慕之情。此外，我還會另施他計，暗示他會受到您
的禮遇，就和我們先前所商議的[3]一樣。殿下，我想，
這一切可以排解您的憂慮，我也能同時以勝利者和
被征服者之身分完成此傑作。

親王　怎麼說呢？

芙拉米妮雅　這是小事並不值得向您提起。是這樣的，我在進行
這項計謀時，爲了解解悶，對阿樂甘心生愛慕[4]。不
過我們還是離開這吧！阿樂甘來了，現在還不能讓
他見到您，我們去找席勒薇雅吧！（兩人相偕離去）

2　阿樂甘對芙拉米妮雅的感情，也是屬於「愛的驚喜」（參見導讀〈愛中
的徬徨與愛的驚喜〉，頁 x-xii）。

3　親王在第一幕第二場曾表示「若他（阿樂甘）肯娶他心上人以外的任
何女子，我會讓他享盡榮華富貴，集盡恩寵於一身。」

4　芙拉米妮雅並沒有多談她對阿樂甘的感情，只是輕描淡寫，匆匆結束
這個話題。也許她對阿樂甘談不上什麼濃情密意，不似親王可以滔滔
不絕地談論他的心上人席勒薇雅；也可能是她唯恐親王察覺她對阿樂
甘動情，多少是爲了阿樂甘即將得到的財富和恩寵。因爲，在第一幕
第三場，當麗芷特害怕良心的譴責，爲誘引阿樂甘的任務猶豫不決時，
芙拉米妮雅曾經勸導她：「如果最後他愛上妳，妳可以嫁給他，從此
富貴騰達。這樣，妳還顧忌什麼嗎？妳和我一樣，不過是親王的僕人
之女，一旦和阿樂甘成婚，妳將搖身一變，擠身貴婦之列。」當麗芷
特任務失敗以後，芙拉米妮雅便決心自己取代麗芷特（見第一幕第八
場），親自勾引阿樂甘，貫徹她先前的主張。

【第二場】

人物　　　提符藍、阿樂甘（垂頭喪氣地進場）

提符藍　　（稍待片刻後）我已經照您吩咐，取來筆墨盒[5]和紙張，您要我怎麼做？

阿樂甘　　稍安勿躁，我的僕人[6]。

提符藍　　悉聽尊便。

阿樂甘　　告訴我，這裡提供我膳食的人是誰？

提符藍　　是親王。

阿樂甘　　該死[7]！我在這裡大吃山珍海味，不免要有所顧忌。

提符藍　　怎麼說呢？

阿樂甘　　當然啦！我擔心這裡只是供人寄宿搭伙，稍後還得繳錢。

提符藍　　（笑道）哈！哈！哈！哈！

阿樂甘　　傻大個兒，你笑什麼？

提符藍　　您的想法太有意思了，令人覺得好笑。放心吧！阿樂甘大人，您儘管心安理得地吃喝，不會有事的。

5　"écritoire"，裝有書寫工具的盒子。

6　阿樂甘面對他的「僕人」提符藍時，老是裝腔作勢，試圖學像個真正的主人；這和他那鄉土味十足的說話方式相互對照，造成這一場的喜劇效果。

7　"par la sambille"。

阿樂甘	哼！我現在吃得心安理得，萬一改天收到帳單，可就吃不消了。不過，我相信你的話。現在，告訴我，負責向親王報告各項機宜的人是誰？
提符藍	您指的是宰相嗎？
阿樂甘	是的，我打算上書請他稟告親王，說我無聊得很，並且問他什麼時候才肯放我們走，因為我老爸一個人在家[8]。
提符藍	然後呢？
阿樂甘	親王如果想留我，就得派一輛手拉車去接他過來。
提符藍	只要您開口，手拉車[9]立刻出發。
阿樂甘	不止如此，他把我老爸接來以後，還得為席勒薇雅和我舉行婚禮，並且開放門戶讓我自由進出，因為我習慣到處亂跑，想上哪就上哪兒。好朋友芙拉米妮雅和我們交情深厚，捨不得離開我們，結婚以後，我們要和她一起定居在這裡[10]。另外，如果親王願意繼續招待我們大吃大喝，當然是多多益善。
提符藍	可是，阿樂甘大人，您沒有必要把芙拉米妮雅扯進來啊！

8　這句話讓觀眾和讀者認識到阿樂甘溫馨感人的另一面：雖然他在宮廷享受榮華富貴、山珍海味，卻沒有忘記他的父親。

9　宮廷裡用的當然是馬車而非鄉下人的手拉車，提符藍照阿樂甘的說法，也用「手拉車」回答他，極可能是帶著諷刺和嘲笑的口氣。

10　相較於已經移情別戀的席勒薇雅，阿樂甘仍算是忠心不渝，但是他無法割捨芙拉米妮雅，也不願意讓席勒薇雅傷心，於是想出解決之道——就是婚後三人同住，這正是他單純、可愛之處。

阿樂甘　　我高興這麼做。

提符藍　　（不滿貌）哼！

阿樂甘　　（模仿他）哼！你這惡僕！快把筆拿出來，照我說的筆畫。

提符藍　　（準備就緒）準備好了。

阿樂甘　　大人。

提符藍　　停，您應該說：閣下。

阿樂甘　　兩個都寫吧！讓他自己去挑。

提符藍　　很好。

阿樂甘　　您讀這封信的時候，將會得知我名叫阿樂甘。

提符藍　　慢點！您應該說：崇高偉大的閣下將會得知。

阿樂甘　　「高高大大的閣下將會得知。」這宰相，他是個巨人[11]囉？

提符藍　　不是，不過這並不要緊。

阿樂甘　　簡直是胡言亂語！我從來沒聽說，和人打交道的時候，竟然對他的身材說話呢！

提符藍　　（一邊寫著）那麼，我就照您的意思寫，您將會得知，我名叫阿樂甘，然後呢？

阿樂甘　　我有個心上人，名叫席勒薇雅，她是我們村子裡的

11　"votre *Grandeur* saura"："grandeur"一字由形容詞"grand"（高大的）而來，"Grandeur"是尊稱別人的用語，取其「莊嚴、重要、尊貴」的抽象意義；阿樂甘從表面領會"grandeur"的涵義，指的是對方「身材高大」，形成和提符藍「難同鴨講」局面，這是他們的對話滑稽之處。藉著阿樂甘的天真和無知，馬里伏間接諷刺文明社會的繁文縟節（參見第二幕第六場注釋51）。

中產階級[12]，貞節清白……

提符藍　　（一邊聽寫）加油[13]！

阿樂甘　　……還有一個才認識不久的好朋友。她離不開我
　　　　　們，而我們也少不了她，所以，您一接到這封信……

提符藍　　（神情痛苦地停下筆來）芙拉米妮雅離不開你們？天
　　　　　啊！我寫不下去了。

阿樂甘　　噢！噢！大膽放肆！你說說看，為什麼你會這麼激
　　　　　動[14]？

提符藍　　兩年了！阿樂甘大人，我已經暗戀她兩年了！

阿樂甘　　（抽出他的長木棍[15]）我的小可愛，這真令人遺憾。
　　　　　在她得知你的愛意以前，我先替她謝謝你[16]。

提符藍　　以木棍答謝？我可不喜歡這種客套方式。我愛她，
　　　　　這和您有什麼關係？您和她只不過是朋友，不致於
　　　　　心生嫉妒啊[17]！

12　席勒薇雅雖然也來自鄉下，但是和阿樂甘屬於不同的階級，她不是村
　　姑農婦，說話也不如阿樂甘粗俗（參見第一幕第一場注釋12）。

13　阿樂甘有所遲疑，正在思索接下來要怎麼寫，因此提符藍為他打氣。

14　這裡雖然沒有關於提符藍的舞台指示，但是我們可由阿樂甘的問話，
　　猜出提符藍說話時的語調和其他可能表示吃驚的動作。

15　參見第一幕第九場注釋52。

16　這是阿樂甘第二次「可能」遇見情敵。正如他在第二幕第七場一口替
　　芙拉米妮雅回絕爵爺的小表弟，在這裡，他也以一貫的天真和直接，
　　試圖嚇阻提符藍對芙拉米妮雅的愛慕之情。

17　正如親王在第二幕第十二場佯裝就要離去，迫使席勒薇雅表態，芙拉
　　米妮雅派來的「導戲者」提符藍也謊稱暗戀芙拉米妮雅，強迫阿樂甘
　　正視他對芙拉米妮雅的感情。果然，阿樂甘立刻坦承這「連他自己也
　　未曾察覺的愛慕之情」（第三幕第一場）：「我們的友誼就像愛情。」

阿樂甘　　　你錯了，我們的友誼就像愛情，我這就給你看證據。

　　　　　　（他棒打提符藍）

提符藍　　　（邊逃跑邊說道）噢！這該死的友誼！

【第三場】

人物　　　芙拉米妮雅(進場)、提符藍(出場)

芙拉米妮雅　(對阿樂甘說)怎麼一回事？阿樂甘，你怎麼了？

阿樂甘　　日安，親愛的。都是這無賴，他說他已經暗戀妳兩年了。

芙拉米妮雅　這倒有可能。

阿樂甘　　那妳呢？親愛的，妳有什麼反應？

芙拉米妮雅　他活該倒楣。

阿樂甘　　真的嗎？

芙拉米妮雅　當然，不過，別人喜歡我，你不高興嗎？

阿樂甘　　唉！妳有自主權，可是，如果你有了情人，妳也許會喜歡他[18]，這就會破壞我們的友誼，而我分得的份也會變小[19]。噢！這分剩的一小份友誼，我什麼也不願意再損失了！

芙拉米妮雅　(溫柔貌)阿樂甘，你知道，你這是在折磨我嗎？

阿樂甘　　我在折磨妳？嘿！我是怎麼折磨妳了？

18　也許阿樂甘也和席勒薇雅一樣，已經察覺在宮廷裡，一個人可以同時擁有心上人和情人(參見第二幕第一場注釋7)。

19　阿樂甘擔心芙拉米妮雅若同時擁有別的情人，就不會像現在那麼愛他，但即使如此，他仍認為這只是「友誼」(參見本場注釋20)。

芙拉米妮雅 如果你繼續這麼對我說話，我恐怕就要情不自禁了。事實上，我怕我已經陷得太深，根本不敢追究自己的心意到底如何。

阿樂甘 做得好！芙拉米妮雅，千萬不要追究，順其自然吧！另外，聽我的話，千萬別交男朋友。我現在有一個女朋友，只好留住她；就算沒有，我也不會去找一個來。否則，妳怎麼辦？再交一個女朋友，可是自找麻煩啊[20]！

芙拉米妮雅 自找麻煩？你不是說過，我是你的紅粉知己嗎？

阿樂甘 我交了新的女朋友，妳怎麼辦？

芙拉米妮雅 別問我，我什麼也不想知道。唯一確定的是，在這世界上，你是我的最愛；可是，你卻無法對我說同樣的話，這理所當然，席勒薇雅排在我前面。

阿樂甘 噓[21]！你們兩個人排在一起。

芙拉米妮雅 如果我找到席勒薇雅，就請她過來找你。這樣你滿意嗎？

阿樂甘 隨便妳！不過，別只是請她來，妳跟她一塊兒來。

芙拉米妮雅 我不能來，親王要見我，我必須去看看有什麼事。再見！阿樂甘，我很快會回來。

（出場時，她對正要進場的人物微笑示意）

---

20 正如芙拉米妮雅在第三幕第一場對親王所作的分析，阿樂甘對自己心意的轉變並不知情，他已「死心塌地」愛上芙拉米妮雅，卻仍以為她只是紅粉知己。現在，他寧願有芙拉米妮雅這個紅粉知己的陪伴，不願再交新的女友。

21 阿樂甘向芙拉米妮雅傾訴心裡的秘密，因此發出噓聲，表示這是悄悄話。

【第四場】

人物	阿樂甘、第二幕的爵爺[22]持封侯令[23]入場
阿樂甘	（見爵爺）剛才那傢伙又來了。我不知道您的大名，就直呼「毀謗他人大人」了。關於您的事，我什麼也沒對親王說，因為我根本沒看到他。
爵爺	阿樂甘大人，您的盛情，在下感激不盡。我向親王保證您會替我求情，所以已經擺脫先前的窘境，重得親王恩寵，希望您也能信守您對我的承諾。
阿樂甘	噢！我看起來頭腦簡單[24]，但是說話算話。
爵爺	我奉親王之命，為您帶來一份價值連城的厚禮，求您看在這禮物的份上，大發慈悲，與我盡釋前嫌，別再記恨什麼了[25]。
阿樂甘	您帶來的是席勒薇雅嗎？
爵爺	不是，禮物在我口袋裡，是幾張封侯令。聽說您和

---

22 見第二幕第七場。
23 "lettres de noblesse"：授與貴族頭銜的官方證明文件。
24 阿樂甘語帶諷刺，意有所指地重提爵爺曾在親王面前說他頭腦簡單一事（第二幕第七場）。
25 這一場和第二幕第十場相互對應。在第二幕第十場中，麗芷特為了先前得罪之處前去向席勒薇雅陪罪；在本場中，爵爺帶來好禮，希望以此贖罪。

席勒薇雅有點親屬關係，親王特以此令封您爲她的
親戚[26]。

阿樂甘　我和她根本非親非故，如果收下這禮物，就是招搖
撞騙了，把這東西帶回去。

爵爺　這麼做可以取悅親王，您收下就是了，有什麼關係
呢？凡德高望眾之士，皆以獲此殊榮爲抱負，難道
您要拒絕嗎？

阿樂甘　比起德高望重，我也是心地善良啊[27]；至於抱負，
我從前聽人說過，但是從來沒見過，也許我是有抱
負，只是自己不知道。

爵爺　如果您沒有抱負，這封侯令會讓您胸懷大志。

阿樂甘　怎麼說呢？

爵爺　（頭一句話私下說）這才像話。所謂抱負，就是心高
氣傲、汲汲營營，想要更上一層樓。

阿樂甘　心高氣傲？你們一向這樣以堂皇的說詞，來美化愚
蠢的行爲嗎？

爵爺　您不懂，這心高氣傲，指的不過是對榮耀的嚮往。

阿樂甘　說真的，這解釋比心高氣傲好不到哪兒去，根本是

26　在過去，國王可以隨意頒發貴族頭銜，以示恩寵；而富有的平民也可
以購買公家職銜，成為貴族。馬里伏在本場透過「封侯令」藉機諷刺
封建制度。

27　爵爺所謂「德高望重之士」，原文是"gens de *coeur*"，取"coeur"（心）
在品德、操守、良心方面的意義；阿樂甘玩文字遊戲，「重複對話者
的台詞」中"coeur"一字，說"J'ai pourtant bon *coeur* aussi"。而"avoir bon
coeur"指的是「心地」、「心腸」好，意思和"gens de coeur"所強調的
品德方面的德行並不相同。

　　　　　　半斤八兩。

爵爺　　您就聽我的話，收下這封侯令吧！您不喜歡成爲貴
　　　　　　族嗎？

阿樂甘　我既不喜歡，也不討厭，完全看心情而定。

爵爺　　成爲貴族，對您有益無害，左鄰右舍會對您敬若神
　　　　　　明。

阿樂甘　這麼一來，他們就不會真心喜歡我了。如果我對一
　　　　　　個人心存敬畏，就不會真心喜歡他，那麼多的事，
　　　　　　我同時做不來。

爵爺　　您真叫人驚訝。

阿樂甘　我生來就是如此。何況，我心地善良，從來不傷害
　　　　　　任何人，即使有這意思，也沒這能耐。哼！如果我
　　　　　　成了貴族，有權有勢能害人，還一心一意想當個好
　　　　　　人，那真是見鬼了。我可能會效法我們家鄉的大爺
　　　　　　們，以棍棒欺壓[28]無力還擊的善良百姓呢！

爵爺　　可是，如果別人以棍棒欺負您，您不希望能有還擊
　　　　　　之力嗎？

阿樂甘　說到這一點，我恨不得立刻動手報仇。

爵爺　　噢！人心險惡，爲了嚇阻別人的傷害，您必須具備
　　　　　　以牙還牙的能力啊！所以，您就收下您的封侯令
　　　　　　吧！

28　事實上，阿樂甘在第一幕第九場已經開始模仿這些壞榜樣，以棍棒修
　　理提符藍和其他隨行僕役。

阿樂甘	（收下封侯令）天殺的[29]！您言之有理，我真是笨蛋。好吧！我就收下這羊皮紙，成爲貴族，從今以後天不怕地不怕，只怕老鼠來啃我的貴族頭銜。不過，我會好好整頓整頓的[30]。謝謝您，也謝謝親王，老實說，他可真殷勤客氣[31]。
爵爺	我很高興見您稱心滿意，告辭了。
阿樂甘	我願意爲您效勞。（待爵爺走了十來步，阿樂甘召喚他）大人！大人！
爵爺	什麼事？
阿樂甘	每個職銜都必須負點責任，我成了貴族，要不要盡什麼義務？
爵爺	身爲貴族，就必須做個正人君子。
阿樂甘	（十分認眞地）那麼，您在親王面前毀謗我，是有豁免權囉？
爵爺	別再提這件事了，一個正人君子應該寬宏大量。

29　"têtubleu"。

30　原文裡，阿樂甘用的是片語"mettre bon ordre à"，有上對下大力整頓之意。阿樂甘成為貴族後，很快便在遣詞造字上裝模作樣。滑稽的是，他首先要大力整頓的對象，竟是一群老鼠。

31　爵爺和麗芷特一樣，都是芙拉米妮雅的詭計當中，負責破壞阿樂甘和席勒薇雅感情的一步棋子。阿樂甘雖然經過一番冷嘲熱諷、討價還價，最後還是被收買，接受滿足個人虛榮的封侯令，仿效宮廷裡的行為模式。相較於他在第一幕第四場的反應，已經有很大的改變。除此之外，親王雖然不在場，仍然再次（前一次是在第二幕第七場，爵爺首次求見阿樂甘時）從中獲益，得到阿樂甘的好感。阿樂甘對親王的印象可說是在逐步改善中。

阿樂甘　　寬宏大量、做個正人君子！見鬼了[32]！這些義務很好，比我的封侯令高貴多了。如果不履行這些義務，仍然是個貴族嗎？

爵爺　　　絕對不是。

阿樂甘　　哎唷！那麼，繳納塔依稅[33]的貴族不少囉！

爵爺　　　數目多少我並不清楚。

阿樂甘　　就這些嗎？還有沒有別的義務？

爵爺　　　沒有，但是，您顯然將成為親王的寵臣，所以得多盡一項義務，那就是伺候親王必須殷勤熱心、必恭必敬、絕對順從，以報答他的厚愛。至於其他，就像我剛才所說，您得敦品立德、重榮譽甚於生命，如此就合格了。

阿樂甘　　慢點！我不喜歡最後這幾項義務。首先，請告訴我，到底是什麼樣的榮譽，值得我把小命給賠上了？見鬼了[34]！這樣的榮譽可真不得了。

爵爺　　　您會贊同的。所謂重榮譽甚於生命，就是有仇必報，有恥必雪，寧願犧牲性命，也不恥忍辱偷生。

阿樂甘　　您說了老半天，根本是一派胡言嘛！如果我必須寬宏大量，就得原諒他人；如果必須兇悍惡毒，就得把人給斃了。我如何殺一個人，同時又饒他一命呢？

32　"vertuchoux"，僕人所使用的咒罵語。

33　"la taille"，指的是"la taille seigneuriale"。「塔依稅」是法國大革命之前，平民和佃農付給貴族的人頭稅。貴族若因故（如作姦犯科、得罪國王等）丟失其貴族資格，就必須給付「塔依稅」。

34　"malpeste"：咒罵語，表示驚訝。

爵爺	您平時若未遭受屈辱，就儘管寬宏大量、慈悲爲懷。
阿樂甘	我懂了，身爲貴族，不可以比別人更恩慈善良，如果以德報怨，就成了沒有榮譽感的人囉？哼！窮凶惡極的行爲比比皆是，用不著你們再三叮嚀，這封侯令真是個糟糕透頂的發明！聽著，我們還是打個商量吧！如果我成了權貴，遭到別人屈辱，我就以牙還牙反罵回來。這樣，您願不願意把貨交給我啊？說出您心中的想法吧？
爵爺	遭受屈辱的時候，以牙還牙、惡言相向根本不夠，唯有敵人或您的鮮血，才能夠洗清這奇恥大辱。
阿樂甘	那就接受屈辱吧！您談起鮮血，好像在談白開水。我的榮譽感太理智，不適合當貴族，這包封侯令還是還給您吧！再見！
爵爺	千萬不可以！
阿樂甘	廢話少說，把東西拿回去吧！
爵爺	別人不會仔細追究您的義務，所以，您還是把封侯令留著，屆時再和親王商量。
阿樂甘	（取回封侯令）那麼他得和我簽張協議書，聲明我遭到侮辱的時候，享有豁免權，不用賠上小命叫對方悔過。
爵爺	很好！有話你們見面再說。告辭了，我願意爲您效勞。
阿樂甘	我也願意爲您效勞。

【第五場】

人物　　　親王（進場）、阿樂甘

阿樂甘　（見到親王）見鬼了！這回來找我的，又是何方神聖？啊！原來是他！我的席勒薇雅被人搶走，就是他造成的。長舌公，你[35]來啦！就是你到處宣傳，說我的心上人長得如花似玉，她才會被偷走的。

親王　　不可口出惡言，阿樂甘。

阿樂甘　你是貴族嗎？

親王　　當然。

阿樂甘　哼！算你運氣好，否則[36]我一定痛痛快快數落你一頓；但是這麼一來，你的榮譽感也許打算盡義務罵回來，然後我必須殺了你，你再來找我報仇[37]。

35　在原文中，阿樂甘稱親王為「您」，但他尚未認識親王的真正身分，以為他是王室軍官，並且怪罪他向親王提及席勒薇雅，造成兩情人的不幸，因此我們將「您」改譯為「你」，以反映阿樂甘的憤怒與不滿。

36　阿樂甘根據前一場爵爺所宣導的貴族義務，來推論他和「假軍官」應該如何解決兩人之間的恩怨。若他痛快地數落「假軍官」，「假軍官」受了侮辱，為了維護其貴族榮譽，一定會報仇，兩人之間必會有你來我往的廝殺。阿樂甘不願意為此冒生命危險，因此並不打算辱罵「假軍官」。

37　若對方被阿樂甘殺了，當然不可能再來找他報仇，這正是阿樂甘的推理滑稽之處。

親王	阿樂甘,請稍安勿躁,我奉親王之命前來和您商談。
阿樂甘	你說吧!那是你的自由,但是我可沒奉命要聽你說話啊!
親王	聽著,別這麼激動。既然勢在必行,我就表明身分了:你[38]和席勒薇雅一直以為我是王室軍官,你們錯了,現在和你說話的,就是你的親王本人。
阿樂甘	真的嗎?
親王	你必須相信我的話。
阿樂甘	(謙卑貌)閣下,小的愚昧無知,竟敢在您[39]面前放肆,請饒了我吧[40]!
親王	樂意之至。
阿樂甘	(憂傷貌)既然您不念舊惡,小的我也不該記恨在心,在下區區升斗小民,不配對高高在上的親王動怒。您折磨我,我也只能痛哭流涕,希望這樣可以激發閣下惻隱之心;而您身為一國之君,應該不會只求一己之樂。[41]

38　在此之前,親王以王室軍官身分自居,因此一直稱阿樂甘為「您」;從這裡開始,他恢復親王身分,和阿樂甘就是上對下、君主對子民的關係,因而改稱阿樂甘為「你」。

39　(接續注釋35)阿樂甘得知親王的身分以後,不該再魯莽地稱他為「你」,因此我們將譯文回復為原文的「您」。

40　親王眼見阿樂甘如此敵視他,立刻表明真實身分,沒想到效果奇佳:阿樂甘一改之前的魯莽,表現出來的是善良的小老百姓對其君主的尊重與服從。而他在第三幕第二場要提符藍聽寫致宰相的信而學會的禮貌稱謂,也立刻派上用場。

41　馬里伏藉著阿樂甘和親王的對話批評君主專制。

親王	阿樂甘，這麼說，你對我非常不滿囉？
阿樂甘	我無可奈何啊！閣下，有個姑娘愛我，而您呢？後宮佳麗競相爭寵，雖然這樣，您還是把我的心上人搶走了。您想想，我是個一文不名的窮光蛋；而您家財萬貫，但是卻雪上加霜，把我僅有的一毛錢搶走。這豈不令人感到悲哀嗎？
親王	(私下說)他言之有理，他的申訴令人動容。
阿樂甘	我知道您是個好君王，全國上下異口同聲這麼說，只有我一人沒這福氣附和眾人。
親王	我的確是把席勒薇雅從你身邊搶走，但是，我對她情有獨鍾，你把她讓給我，想要什麼，儘管開口，我將滿足你的願望，讓你享盡榮華富貴。
阿樂甘	這筆交易讓您占盡便宜，甭提了。您捫心自問，如果搶走席勒薇雅的是別人，您難道不會幫我把她要回來[42]嗎？好，如今搶走她的，不是別人，而是您自己。您瞧！現在正是證明法律之前人人平等的時候啊！
親王	(私下說道)我真是無言以對。
阿樂甘	這樣吧！閣下，您可以這麼自我遊說：只因為我有權有勢，就耽擱這小人物的幸福嗎？我是他的君主，不是應該負起保護他的責任嗎？如果他受盡委屈地離開這裡，我不會懊悔嗎？如果連我都不能克

42　在法國君主專制的政體中，國王是一國最高司法和公理的象徵。

盡親王的職責，誰來做呢？所以，我命令我自己把
席勒薇雅還給他[43]。

親王　　爲什麼你一直不肯改變論調？你看我是怎麼待你
的：本來，我不必聽你的意見，就可以留下席勒薇
雅，把你遣送回鄉。然而，即使我對她一往情深，
即使你固執不通，而且對我放肆無禮，我仍然體恤
你的悲傷，試圖以百般恩寵，撫平你的傷痛，甚至
低聲下氣，誠懇地請求你把席勒薇雅讓給我。眾人
皆責難你，奉勸你照做，並教你如何竭力取悅我，
但是你始終頑劣抗拒。既然你承認我是你的君主，
就俯首聽命，表現出對君主該有的尊重吧[44]！

阿樂甘　　（仍舊憂傷貌）閣下，您千萬別聽信這些人的讒言。
他們欺君犯上，贊成您的做法，而您卻信以爲真，
枉費平時正人君子、恩慈善良的作風，這對您一點
好處也沒有。如果不是這些人，您不會找我麻煩，
也不會怪我放肆無禮，因爲我爭取的是我的權益。
您是我的君主，我很愛戴您；可是，我也是您的子
民，應該得到一點照顧啊！

43　即使到現在，阿樂甘內心仍忠於席勒薇雅。

44　這齣戲開始時，親王先派提符藍以榮華富貴、功名利祿收攏阿樂甘，
但卻徒勞無功。現在他親自面對阿樂甘，首先想以親王的威信勸服阿
樂甘，但是卻被阿樂甘的小人物大道理給擋了回去。親王立刻改變策
略，表現出自己憂傷、軟弱的一面，試圖引起阿樂甘的好感和同情，
這辦法果然奏效，善良淳樸的阿樂甘漸漸心軟，甚至開始思考解決問
題的方法。

親王	好吧！你真令我心灰意冷！
阿樂甘	可憐的我！
親王	難道我真的必須放棄席勒薇雅嗎？阿樂甘，沒有你的幫助，我如何得到她的芳心？阿樂甘，我的確給你帶來不少愁煩，但是，你留給我的傷痛，卻更加殘忍難耐啊！
阿樂甘	閣下，您可以外出旅行、散步，尋求慰藉，到時候痛苦將一路煙消雲散。
親王	不，孩子，我原本期待你對我起憐憫之心，這麼一來，我會以前所未有的厚恩報答，但是你卻竭盡所能地傷害我。算了！我的恩寵早已為你保留，現在即使你冷酷無情，仍然可以得到我的恩澤披被。
阿樂甘	唉！人生真是坎坷啊！
親王	我承認自己理虧，有違公理正義，同時也感到自責；但是你已經報了仇，讓我嘗盡苦頭。
阿樂甘	我得走了。看您有過知悔，我擔心我會被您說服。
親王	不！我理當讓你心滿意足。你一直希望我還你公道，現在你可以任我終日失魂落魄，稱心如意了。
阿樂甘	您對我慈悲為懷，我不也該同情您嗎？
親王	（憂傷貌）你無須為我操心。
阿樂甘	我看您這麼傷心，不禁跟著難過起來。
親王	（安慰阿樂甘）你如此同情我，我感激在心。再見了，阿樂甘，雖然你一再拒絕我，我仍然十分敬重你。
阿樂甘	（不由自主地走近親王）閣下！

親王	什麼事？你有事請求我嗎？
阿樂甘	沒有！我只是猶豫不決，不知道要不要答應您的請求。
親王	我必須承認，你心地善良。
阿樂甘	您也是菩薩心腸，所以我才於心不忍。唉！好人一向狠不下心。
親王	我由衷佩服你的情操。
阿樂甘	我相信您的誠意，可是，目前我什麼也不能答應，我雖然願意，心裡卻充滿矛盾；不過，萬一我把席勒薇雅讓給您，您打不打算讓我成為您的寵信？
親王	我不寵信你，要寵信誰呢？
阿樂甘	我聽說您習慣別人拍馬屁，而我一向實話實說，這樣的好習慣和您的壞習慣是水火不容的。即使您對我寵愛有加，還是無法忍受我這快人快語啊！
親王	如果你有話不肯直說，我們才會鬧翻呢！阿樂甘，請記得，我喜歡你，這是我對你唯一的叮嚀。
阿樂甘	芙拉米妮雅可以自己作主，決定她的事嗎？
親王	啊！別提芙拉米妮雅了！若不是她[45]，你不致於令我愁眉不展的。（親王離去）
阿樂甘	才不呢！她是世界上最好的女孩，您根本不應該懷恨她。

---

45 在第二幕第五場，提符藍見芙拉米妮雅處處護著阿樂甘，曾經暗示要向親王揭發芙拉米妮雅對阿樂甘的友善態度，以及她可能背叛親王的事實。親王顯然要向阿樂甘表示他已經知情。

【第六場】

人物　　　阿樂甘（獨自一人）

阿樂甘　顯然我那混蛋僕人已經在親王面前，說了我好朋友的壞話[46]。哼！我必須去看看她在哪裡。不過，我呢！事到如今，我該怎麼辦？就這麼離開席勒薇雅嗎？可能嗎？有辦法嗎？不！絕對不可以！我不忍心看別人受苦，所以愣頭愣腦地對親王說了一些傻話；不過，親王也是菩薩心腸，他不會張揚的[47]。

46　參見第三幕第五場注釋45。
47　親王幾乎已經完全得到阿樂甘的好感和信任，這離他「動之以情」而非「屈之以武」的目標（見第一幕第二場），可說是越來越近了。

【第七場】

人物　　　芙拉米妮雅（黯然神傷地進場）、阿樂甘

阿樂甘　　日安，芙拉米妮雅，我正要去找妳。

芙拉米妮雅　（嘆息道）永別了，阿樂甘。

阿樂甘　　永別了？這話是什麼意思？

芙拉米妮雅　提符藍出賣了我們，親王知道我們互通生氣以後，
　　　　　　命令我離開這裡，並禁止我再和你見面。儘管如此，
　　　　　　我仍然情不自禁，前來見你最後一面，然後，我就
　　　　　　遠走他鄉，躲避親王的怒火[48]。

阿樂甘　　（驚惶失措貌）啊！這下我完了！

芙拉米妮雅　在這世界上，你是我最親愛的人，如今就要和你永
　　　　　　別，我感到萬念俱灰。時間緊迫，我不得不離開你，
　　　　　　但是在離開之前，我必須對你坦承心意。

阿樂甘　　（稍微喘息後）哀唷[49]！寶貝，妳要說什麼？這親愛
　　　　　　的心肝想要對我說些什麼？

芙拉米妮雅　阿樂甘，我一直以為我對你是友誼情深，我錯了。

48　阿樂甘見過親王以後，雖然開始動搖，仍然猶豫不決，在第六場甚至
　　感到後悔。現在芙拉米妮雅使出最後一道殺手鐧，逼迫阿樂甘在她自
　　己和席勒薇雅之間作一抉擇。

49　"ahi"，表示痛苦的驚嘆詞。

阿樂甘　　　（上氣不接下氣）那麼是一往情深囉？

芙拉米妮雅　我的情意綿綿。永別了！

阿樂甘　　　（阻止她離去）慢著，也許我這方面，也弄錯了。

芙拉米妮雅　什麼，你也弄錯了？也許你也對我情深意濃，而我
　　　　　　們卻將從此永別？噢！阿樂甘，別再多說什麼，我
　　　　　　要逃離這裡了[50]。

　　　　　　（她動身走了幾步）

阿樂甘　　　別走！

芙拉米妮雅　留下來又能如何？讓我走吧！

阿樂甘　　　我們把話說清楚。

芙拉米妮雅　我還能說什麼呢？

阿樂甘　　　我對妳的友誼已經跑遠了，就像妳對我一樣。我已
　　　　　　經決定了，我愛妳，我自己也不明白怎麼一回事。
　　　　　　呼[51]！

芙拉米妮雅　真是出人意料之外。

阿樂甘　　　幸虧我還沒有結婚。

芙拉米妮雅　你說的是。

阿樂甘　　　席勒薇雅會嫁給親王，這將令他心花怒放。

芙拉米妮雅　這無庸置疑。

50　芙拉米妮雅假裝不希望阿樂甘再多說，否則她更將離不開他。

51　"Ouf"，表示鬆了一口氣的語氣詞。阿樂甘眼見芙拉米妮雅就要離去，
　　情急之下，把這芙拉米妮雅所謂「連他自己也未曾察覺的愛慕之情」（第
　　三幕第一場）一古腦兒抖了出來。他向芙拉米妮雅坦承心意時，必定心
　　慌意亂，但當他釐清自己的感情，並且把它說出來以後，卻有說不出
　　的輕鬆。

阿樂甘	接著，既然我們以前愛錯對象，然後又不知不覺心心相印，現在就耐心等待，到時候再湊合湊合吧！
芙拉米妮雅	（輕聲細語）我懂了，你的意思是，我們可以結為連理。
阿樂甘	是啊！這能怪我嗎？妳要逮住我，成為我的心上人，為什麼沒有事先警告我呢[52]？
芙拉米妮雅	你也沒有警告我，你會成為我的情人啊！
阿樂甘	該死[53]！我怎麼料得到呢？
芙拉米妮雅	你這麼討人喜歡，早應該料到啊！
阿樂甘	我們別互相怪罪對方了，說起討人喜歡，妳比我更理虧呢！
芙拉米妮雅	我願意嫁給你，但是，現在分秒必爭，我擔心會遭到驅逐[54]。
阿樂甘	（嘆息道）啊！我這就去晉見親王。千萬別告訴席勒薇雅我愛妳，以免她怪我，妳知道我是無辜的。我會裝作若無其事地告訴她，我為她的幸福著想，所以才拋棄她[55]。
芙拉米妮雅	很好，我正打算建議你這麼做。

52　單純善良的阿樂甘眼看自己變心背叛了席勒薇雅，一心想為自己脫罪，表示自己是無辜的。

53　"morbleu"。

54　芙拉米妮雅唯恐阿樂甘變卦，趕快再踢他臨門一腳。

55　阿樂甘試圖藉口為了席勒薇雅的幸福而拋棄她，而席勒薇雅在第二幕第十二場也假設若「假軍官」就是親王，她便可佯稱他以親王之尊強迫她屈從。他們兩人都不願意向對方承認自己背叛的事實。

阿樂甘　　先別走，讓我親親妳的小手……（親過她的手後）我
　　　　從來沒想到，親妳的小手竟然其樂無窮，叫我心頭
　　　　小鹿亂撞。

【第八場】

人物　　　芙拉米妮雅、席勒薇雅

芙拉米妮雅　老實說，親王言之有理，這些小人物談情說愛，真
　　　　　　令人難以抗拒[56]。另一個來了！美麗的席勒薇雅，
　　　　　　妳在想什麼？

席勒薇雅　我在想我自己，而且怎麼也想不通。

芙拉米妮雅　什麼事情這麼特別，讓妳想不通了？

席勒薇雅　妳也知道[57]，我一直想找那幾個女人報仇，但是現
　　　　　　在卻沒這意願了。

芙拉米妮雅　妳為人寬宏大量，不愛記仇。

席勒薇雅　我一直愛著阿樂甘，不是嗎？

芙拉米妮雅　看起來好像是！

席勒薇雅　我想，我不愛他了。

芙拉米妮雅　這並非世界末日啊！

席勒薇雅　即使是世界末日，我又能怎麼辦呢？愛情來的時
　　　　　　候，我愛上他；現在愛情走了，我就不再愛他。愛

56　馬里伏藉著這句話稍微消弭芙拉米妮雅在觀眾和讀者心目中的不良印
　　象。原來她並非那麼詭計多端、唯利是圖，她若嫁給阿樂甘，除了本
　　身利益的考量外，也有感情因素。

57　席勒薇雅曾多次向芙拉米妮雅提及報仇一事。（第二幕第一、三及十一
　　場）

　　　　　情就是這麼來了又走，完全沒有徵詢我的意見[58]，
　　　　　我認為錯不在我。

芙拉米妮雅　（首句話私下說）我來開開她玩笑。我們的看法相去
　　　　　不遠。

席勒薇雅　（激動貌）相去不遠？這話是什麼意思？事實的確如
　　　　　此，妳應該完全同意我的看法啊！沒想到我身邊的
　　　　　人立場竟然搖擺不定。

芙拉米妮雅　妳有什麼好生氣的呢？

席勒薇雅　我當然有理由生氣了[59]。我天真地徵詢妳的意見，
　　　　　妳的回答卻模稜兩可，分明和我過意不去。

芙拉米妮雅　妳難道看不出來，我表面上開妳玩笑，心裡卻十分
　　　　　讚賞妳的決定嗎？告訴我，令妳傾心的，是不是那
　　　　　位王室軍官？

席勒薇雅　除了他以外，還有誰呢？然而，我尚未決定愛他[60]，
　　　　　不過這是遲早的事。他一直希望我愛他，我不能總
　　　　　是拒絕，任他愁眉不展、傷心落淚啊！我已經厭倦

58　席勒薇雅和阿樂甘都試圖為自己的背叛脫罪。阿樂甘在前一場也說過
　　類似的話：「這能怪我嗎？妳要逮住我，成為我的心上人，為什麼沒
　　有事先警告我呢？」有關馬里的愛情觀，請參見導讀〈愛中的徬徨與
　　愛的驚喜〉，頁xix-xx。

59　當馬里伏的愛情喜劇人物意識到本來自己拒絕、否認、或未知的感情
　　已經深植己心時，往往因為自尊受損或手足無措而動怒。席勒薇雅現
　　在生氣，正是「愛的驚喜」剛出現時，當事人的典型反應（參見導讀〈愛
　　中的徬徨與愛的驚喜〉，頁x-xi）。

60　席勒薇雅對「假軍官」傾心，但是受制於過去她和阿樂甘的感情，一
　　直拒絕「假軍官」，也尚未放任自己隨心、隨性而行。

老是先傷害他，隨後再安慰他，所以，最好別再令
他傷心了。

芙拉米妮雅 噢！這將令他心花怒放，樂不可支啊！

席勒薇雅 如果他悲痛欲絕[61]，那才糟糕呢！

芙拉米妮雅 這是天壤之別[62]啊！

席勒薇雅 我正在等他。我們之前曾共處兩個多小時，他就要
過來陪我去晉見親王；可是，我擔心傷害阿樂甘，
想聽聽妳的看法，不過，千萬別讓我聽了猶豫不決
啊！

芙拉米妮雅 別擔心，我自有妙策，可以輕而易舉地安撫他。

席勒薇雅 (略帶憂慮貌)安撫他？哀唷！這麼說，別人可以輕
而易舉地忘掉我囉！他是不是已經在這裡另結新歡
了？

芙拉米妮雅 他怎麼可能忘掉妳呢？除非我瘋了，否則我不會這
麼說的。如果他沒有萬念俱灰，妳便該慶幸了。

席勒薇雅 妳實在沒有必要對我說這些，聽妳這麼一說，我又

---

61 動詞"mourir de..."是「因……而死」之意。芙拉米妮雅說：「這將令
他心花怒放，樂不可支啊！」，當中的「樂不可支」"mourir de joie"，
直譯成「樂極致死，因高興而死」；於是席勒薇雅回答：「如果他悲
痛欲絕，那才糟糕呢！」，「悲痛欲絕」原文是"mourir de tristesse"，
直譯成「因悲傷而死，悲傷過度而死」。這又是一個「重複對話者台
詞」的接話技巧，席勒薇雅重複其對話者芙拉米妮雅台詞當中的
「因……而死」。

62 (接續注釋61)芙拉米妮雅繼續她的玩笑：對「假軍官」而言，同樣是
死，「樂極而死」和「悲傷致死」的確有著天壤之別。

猶豫不決了[63]。

芙拉米妮雅　如果他移情別戀，妳會有什麼反應呢？

席勒薇雅　如果他真的移情別戀，我並不想知道[64]。

芙拉米妮雅　但是，他對妳深情依舊，妳卻懊惱不已。妳到底想怎麼樣？

席勒薇雅　哼！妳在取笑我[65]，如果妳也碰到相同的處境，我倒想看看妳的反應！

芙拉米妮雅　妳的心上人[66]來了，聽我的話，別再左顧右盼，嫁給他吧！

63　席勒薇雅首先考慮到的，並非阿樂甘的感受，而是阿樂甘是否背叛她而另結新歡。從這段對話裡，我們再次看到，席勒薇雅所優先在意的是她個人的虛榮，阿樂甘是否受傷則其次。

64　這又是虛榮心作祟。雖然席勒薇雅在第二幕第十一場曾假設過：「如果阿樂甘能娶別的女孩為妻，那就太好了。我可以理直氣壯地對他說：『你另結新歡，所以，我也以牙還牙離開你。』」如今面臨這樣的可能，她卻寧願不想知道、不去面對，因為她無法接受阿樂甘會為另一個女人而背叛她的事實。

65　這句話間接指出芙拉米妮雅在全場對話時的玩笑語氣。

66　當然，芙拉米妮雅所謂「心上人」，指的是「假軍官」而非阿樂甘，而席勒薇雅自己當然也是心知肚明。

【第九場】

人物　　　席勒薇雅、親王

親王　　怎麼，席勒薇雅，您對我不屑一顧嗎？每次我接近，您總是悶悶不樂[67]，我知道您對我感到不耐煩，真是心如刀割。

席勒薇雅　是啊！我對您感到不耐煩，我剛才還在談論您呢！

親王　　您在談論我？美麗的席勒薇雅，您都說些什麼？

席勒薇雅　噢！我說的可多呢！我說您還不明白我的心意呢！

親王　　我知道您已經決定拒絕我的追求，這就是所謂明白您的心意啊！

席勒薇雅　哼！您自以為明白我的心意，先別誇口了！不過，您是正人君子，我想聽聽您的意見，相信您會據實以告。您知道我和阿樂甘的關係，現在，假設我鍾情於您，而且又真的隨心所欲，這樣做，是對？是錯？請您誠懇地給我意見[68]。

67　前一場結尾，親王進場時，席勒薇雅正為自己的處境猶豫不決，親王見到她時，她必定正陷於沉思和最後的掙扎中；此外，在第二幕第十二場，也就是他們兩人上一次會面時，席勒薇雅還說：「就算您是親王，我也無法下決心做個背信負義的人。」因此，親王的擔心不無道理。

68　這是席勒薇雅最後的猶豫。關於情感上的愧疚感，席勒薇雅在第三幕

親王	沒有人能夠主宰自己的心。我認為，如果您鍾情於我，大可隨心所欲而為，那是您的權利[69]。
席勒薇雅	這是朋友的忠告嗎？
親王	是啊！席勒薇雅，我誠懇地奉勸您這麼做。
席勒薇雅	我也這麼想，而且心意已定。我想我們兩人的想法都是對的，因此，只要我願意，我將二話不說、毫不猶豫地愛您。
親王	這對我毫無意義，因為您根本不願意愛我。
席勒薇雅	我對您的占卜能力沒信心[70]，您就別瞎猜了。唉！既然我遲早得見這親王，他為什麼還不趕快來呢？如果他願意，可以不用來了。
親王	我希望他永遠不要來。一旦您認識他，恐怕就不要我了。
席勒薇雅	別氣餒！這個時候，您還擔心什麼？我看他[71]大概是發誓跟自己過意不去。
親王	我承認心裡的確忐忑不安。

第八場已於芙拉米妮雅的誘導下排除，現在只剩下道德上的猶豫（「善良誠實的女孩應該忠誠不渝」，第二幕第一場）。面對這個問題，她諮詢的對象竟然是「假軍官」，理由是他是個「正人君子」，而「正人君子」的話，絕對可以依循採信。因此，「假軍官」的意見，將為席勒薇雅除去最後的一絲猶豫。

69　"[...]on n'est pas le maître de son coeur"，參見導讀〈愛中的徬徨與愛的驚喜〉，頁xix-xx。

70　因為「假軍官」不了解席勒薇雅的心意，老是猜錯，以為席勒薇雅終究會拒絕他。

71　席勒薇雅像是在自言自語。

席勒薇雅	這人真是的！我必須幫他[72]打打氣。放心好了，我發誓永遠不會愛上親王，否則……
親王	別說了，席勒薇雅，求您別起誓了[73]。
席勒薇雅	這倒好！您居然阻止我發誓，真叫人心滿意足[74]！
親王	難道您要我任您發誓，對我不利嗎？
席勒薇雅	對您不利？難道，您就是親王本人？
親王	是啊！席勒薇雅，我希望單憑似水柔情贏得您的芳心，堅持這麼做所能換得的喜悅，因此一直隱瞞身分。現在，您已經知道我是誰，可以自由選擇是否接受我的情意和求婚[75]。請說吧！席勒薇雅。
席勒薇雅	啊！親愛的親王，我差點起了與願相違的誓言。您希望得到我的青睞，現在可以如願以償了。您知道我說的是真心話，這件事真讓我喜上眉梢！
親王	我們總算是有情人終成眷屬了。

72　見注釋71。

73　席勒薇雅和阿樂甘初次相會時，阿樂甘欲起誓，也被席勒薇雅阻止了，因此，本齣戲雖然是「雙重背叛」，主人翁都沒有言而無信、違背誓言，因為他們根本沒有起誓。（參見第一幕第十二場，注釋62）

74　席勒薇雅不明白「假軍官」為何阻止她起誓，因此生氣又諷刺地說了反話。

75　"accepter ma main et mon coeur"，直譯成「接受我的手和我的心」（參見第一幕第一場注釋6）。

【第十場】（最後一場）

人物	阿樂甘、芙拉米妮雅、席勒薇雅、親王
阿樂甘	我全聽到了[76]，席勒薇雅。
席勒薇雅	既然如此，阿樂甘，我便無須複述一切。請設法自我安慰吧，親王自會找你談話。老實說，我現在心亂如麻[77]，因此，希望你能接受事實。你會怎麼說我呢？你會怪我移情別戀。我會怎麼回答呢？我說，我心裡有數。現在就當你已經這麼說過，而我也已經回答你了。事情到此為止，請別再煩擾我了。
親王	芙拉米妮雅，我把阿樂甘交給你，我敬重他，也將重重犒賞他。至於你呢，阿樂甘，我把芙拉米妮雅許配給你為妻，並且保證對你倍加恩寵。美麗的席勒薇雅，我已下令為妳舉辦盛會，妳將成為眾子民的王后，讓我藉此機會向他們宣布這項喜訊吧！
阿樂甘	現在，我不在乎被我們的友誼給耍了。等著瞧吧！

---

76 在第三幕第七場結尾，在芙拉米妮雅的催促下，阿樂甘表示要立刻去晉見親王，因此他聽到前一場親王和席勒薇雅的談話。藉著這樣的安排，馬里伏免除阿樂甘和席勒薇雅兩人面對面說明的尷尬場面。

77 "il n'y a plus de raison à moi"，"raison"可以有兩種解釋，一是「理智、清醒的頭腦」，一是「道理、情理」。因此這句話可以有兩種譯法：「我現在心亂如麻」或「我自認理虧」。

不久以後，我們也會還以顏色[78]。[79]

78　阿樂甘這句玩笑話似乎對兩對戀人的愛情是否能夠天長地久抱持著懷
　　疑的態度。(參見導讀〈愛中的徬徨與愛的驚喜〉，頁xix-xx)
79　十八世紀義大利劇團演員在這裡會以一段富有喜慶意味的歌舞(le
　　divertissement)結束這齣戲。

愛情與偶然狂想曲

三幕喜劇

劇中人物表

奧何岡老爺 年老的貴族

馬里歐 奧何岡老爺之子

席勒薇雅 奧何岡老爺之女

多杭特 席勒薇雅之情人

麗芷特 席勒薇雅之女僕

阿樂甘 多杭特之僕役

一個僕役

地點： 巴黎，奧何岡府邸

第一幕

【第一場】

人物　　　席勒薇雅、麗芷特[1]

席勒薇雅　我再問妳一次，妳[2]管什麼閒事？為什麼擅自揣測我

1　麗芷特雖然是女僕，但馬里伏戲劇裡的麗芷特卻不似一般女僕，她聰明伶俐，說話不俗，很多評論形容她為「戴珠寶、穿蓬蓬裙的丫鬟」（"une soubrette qui porte des bijoux et des robes a panier"，亦即「像小姐」的丫鬟），因此，觀眾或讀者將會發現，馬里伏劇中麗芷特的遣詞造句，不同於她的搭檔阿樂甘，也不同於一般女僕。

2　原文中，席勒薇雅稱麗芷特為「您」，但我們考慮到席勒薇雅和麗芷特兩人是主僕關係，因此將「您」改為「妳」，比較符合「你」和「您」在中文的用法。劇中類似主僕關係（包括角色喬裝對調時）的稱呼，如奧何岡老爺、馬里歐、多杭特、席勒薇雅等主人面對麗芷特和阿樂甘時，我們也一律更改為「你」或「妳」，特此聲明。（有關法文中「你」和「您」的區隔用法，參見《雙重背叛》第一幕第一場注釋2）

的感情，替我回話？

麗芷特　　我以爲在這種情況下，您的反應會和常人一樣。老
爺安排這椿婚事，想知道您是否心滿意足，我當然
回答「是」。全天下的女孩，大概只有您一人不肯
欣然接受這婚事；而您拒絕它，實在不合常理。

席勒薇雅　不合常理[3]？真是胡說八道！對妳而言，婚姻有其迷
人可取之處囉[4]？

麗芷特　　我當然又回答「是」啦！這還用問啊！

席勒薇雅　住嘴！別在這裡胡說八道。要知道，妳無權以妳之
心度我之意。

麗芷特　　我的心意才合乎人之常情啊！爲什麼您的想法偏偏
與眾不同呢？

席勒薇雅　我敢說，如果妳膽子夠大，一定會說我是個異類。

麗芷特　　如果我們身分地位相當，倒可以等著瞧。

席勒薇雅　麗芷特，妳這是存心折磨我。

麗芷特　　我沒這意思。不過，說真的，我告訴奧何岡先生，
您樂意嫁作人婦，難道有什麼錯嗎？

3　這是一個「重複對話者台詞」的接話技巧。「重複對話者台詞」在馬
　　里伏的喜劇中占有重要地位，關於這方面的說明，請參見導讀〈愛中
　　的徬徨與愛的驚喜〉，頁xiii-xv，接下來的譯文中，我們不再重複有關
　　「重複對話者台詞」對話方式的說明和提示。

4　席勒薇雅對婚姻的態度，屬於典型的「嬌揉造作文學」裡的愛情觀。
　　「嬌揉造作文學」裡的男女主角對婚姻抱持著悲觀的看法，他們認為
　　婚姻和愛情是不相容的，因此他們拒絕婚姻，只追求柏拉圖式的愛情。
　　（參見導讀〈愛中的徬徨與愛的驚喜〉，頁xviii-xx）

席勒薇雅	首先，妳說的與實情不符，我雖然小姑獨處，卻樂在其中。
麗芷特	這種事倒是新鮮。
席勒薇雅	妳沒必要讓父親以為我為這婚事雀躍不已；他會因此滿懷期望，最後也許空歡喜一場。
麗芷特	什麼？難道您不嫁給老爺為您安排的對象？
席勒薇雅	我也不知道。也許他根本不適合我，這實在教人擔心[5]。
麗芷特	聽說這位準夫婿英俊瀟灑、風度翩翩、才德兼備、人見人愛、機智風趣、通情達理，無人可及。您還挑什麼呢？您想得出更幸福的婚姻、更美滿的結合嗎？
席勒薇雅	幸福美滿？妳真是胡言亂語！
麗芷特	小姐，相信我，像他這樣的對象，願意規規矩矩地按照禮俗來結婚，實在難得[6]。在他的追求下，幾乎所有的女孩都會甘心冒險，秘密和他互許終身。他英俊瀟灑、人見人愛，足以讓你們的愛情天長地久；

5　在傳統古典喜劇裡，阻撓男女主角結合因素通常是外力（如父母長輩的反對、門當戶對的問題等），席勒薇雅的困擾卻來自她個人的內心層面。（參見導讀〈愛中的徬徨與愛的驚喜〉，頁ix-x）

6　當時上流社會的確有一人稱「紈袴子弟」（petit-maître）的年輕族群，他們仗恃著自己年輕、富有，對婚姻抱持著桀驁不馴、敬而遠之的態度，馬里伏曾以「紈袴子弟」為題，創作一齣喜劇「被糾正的紈袴子弟」（*Le Petit-Maître corrigé*）。

	他聰明機智、平易近人,保證你們鶼鰈情深。哼[7]!
	這個人中看又中用,嫁給他,絕對錯不了。
席勒薇雅	照妳的描述,他的確什麼也不缺,而且別人也這麼
	說。不過,這些都是別人的看法,我的感覺不見得
	一樣啊!人們說他一表人才,這才糟糕呢!
麗芷特	糟糕!糟糕!您的想法可真奇怪!
席勒薇雅	這想法完全合情合理。我注意到,長得一表人才的
	男子,通常自命不凡。
麗芷特	噢!自命不凡的確不對,可是他長得一表人才呢[8]!
席勒薇雅	人們還說他身材好呢!算了,別提這個了。
麗芷特	是啊!這情有可原。
席勒薇雅	英俊瀟灑、風度翩翩,全是多餘的外在條件,我並
	不要求這些。
麗芷特	該死[9]!如果我結婚,這些多餘的東西,全都是我的
	必要條件。
席勒薇雅	妳不知道自己在說些什麼。在婚姻裡,對方是否通
	情達理,遠比迷人的外表重要。總而言之,我只要
	求對方是個性情中人,但是,要找到這樣的人,實
	在沒有想像中容易。人們對他讚不絕口,可是這些
	人當中,誰和他生活過了?哪個男人不虛假?尤其

7　"pardi"。有關譯文裡的咒罵語,請參見《雙重背叛》,第一幕第四場
　　注釋32說明。
8　在麗芷特的認知裡,對方長得一表人才,遠比他是否自命不凡更重要。
9　"vertuchoux",是由"vertu dieu"演變而來的咒罵語。

是那些心思敏銳的才子。這種例子我見多了，在朋友面前，他們可是全天下最好的人呢！他們溫文儒雅、通情達理、幽默風趣，連相貌都是一副品質保證的模樣。人們成天稱讚艾何加斯特，說什麼：「這位先生殷勤體貼、通情達理」，大家聽了都說：「的確是啊！看他的長相就知道了！」連我自己也這麼回答。是啊！你就相信他這溫和、體貼的外表吧！才15分鐘，他那張臉就變得陰鬱、粗暴又兇惡，成為全家上下的夢魘！這艾何加斯特結了婚，成天就是以這副嘴臉和妻子、兒女、僕人相向；然而出門在外，正如我們所見，他總是笑臉迎人，但這只是他在外人面前所戴的面具而已。[10]

麗芷特 這雙面人真是不可思議！

席勒薇雅 還有雷昂德何，不也是人人稱讚嗎？但是在家裡，他不苟言笑，是個孤僻、冷漠、難以親近的人[11]。他的妻子對他一無所知，跟他也沒什麼來往。他成天就像個幽靈般地進出書房[12]，食用三餐，令周遭的人感到無聊、冷漠、倦怠，幾乎就要窒息。這樣

---

10 馬里伏喜劇裡的對話通常採「重複對話者台詞」，因此台詞多半不長。然而馬里伏也經常為他所欣賞的演員席勒薇雅編寫長篇獨白，任她發揮演技，這一場就是一個典型的例子。（參見導讀〈愛中的徬徨與愛的驚喜〉，頁xiii-xv）

11 原文用的是"âme"，"âme"是「矯柔造作文學」的常用字，用來指「人」。

12 "cabinet"是"appartement"最裡面的房間，通常用來當書房或工作室。而"appartement"（套房），則由數個房間組成。

的丈夫，豈不可笑嗎？

麗芷特　聽您這番話，我心都涼了。那泰桑德何呢？他怎麼樣？

席勒薇雅　是啊，泰桑德何！那天他對妻子大發雷霆，我恰巧到訪，經佣人通報後，他展開雙臂迎面向我走來，笑容可掬、神態優遊自若，好像才和別人聊天打趣似的，真是個大騙子！男人就是這樣。說她的妻子值得同情，誰會相信呢？我看到她垂頭喪氣，臉色鐵青，雙眼哭得又紅又腫。她就是我未來的寫照，也許將來我的下場會和她一樣。我很同情她，麗芷特，萬一我也令妳同情，該怎麼辦？這太可怕了！妳覺得呢？想想看，這就是所謂的丈夫啊！

麗芷特　丈夫？無論如何，這畢竟是個丈夫啊！您不該以這個字收尾的。一聽到這個字，其他的我都不在乎了。

【第二場】

人物　　　奧何岡老爺、席勒薇雅、麗芷特

奧何岡老爺　日安，女兒，我帶來一個消息，不知是否能夠取悅妳？妳的未婚夫將在今天抵達，他的父親捎來這封信通知我。妳爲什麼愁眉不展，沉默不語？麗芷特也不敢正視我，這是怎麼一回事？快說！是什麼事？

麗芷特　老爺，事關兩張臉，一張讓人看了發抖，另一張則是冷漠得嚇人；還有一個孤僻的靈魂[13]，老是躲在

13　麗芷特以自己的方法重述女主人席勒薇雅在第一場對這些悲劇婚姻的描述，她將席勒薇雅的版本濃縮，選擇性地重複席勒薇雅所用的字眼，對於一個不明究理的第三者奧何岡老爺，聽來當然莫名其妙，只有對照過前後兩個版本的觀眾或讀者能夠體會箇中旨趣。此外，席勒薇雅是個富家千金，她的遣詞造句屬於沙龍裡的「矯柔造作」式談話，麗芷特雖然聰明伶俐（參見第一幕第一場注釋1），不見得能夠全然了解席勒薇雅用字的涵義，在畫虎不成反類犬的效應之下，形成「可笑的矯柔造作」（參見導讀〈愛中的徬徨與愛的驚喜〉，頁xv），不僅造成喜劇效果，也間接諷刺席勒薇雅和席勒薇雅所代表的貴族階層及他們的高雅不自然。這裡的「靈魂」一詞便是一個很好的例子：在第一幕第一場，席勒薇雅所用的"âme"一字，是矯柔造作文學裡的用法，意思是「人」（參見第一幕第一場注釋11）；麗芷特重複這個字，很可能是以她的背景和程度去理解，也就是遵照"âme"一字的平常解釋：「靈魂」。因此，我們在此乃將麗芷特口中的"âme"譯為「靈魂」（"âme"一字的一般用法），而非席勒薇雅所指的「人」，以示區隔。

一邊；再加上一幅女人的肖像，這女人垂頭喪氣、臉色鐵青、雙眼哭得又紅又腫。老爺，我們神情凝重，想的就是這些。

奧何岡老爺 妳到底在胡說些什麼？一個靈魂、一幅肖像！我什麼也沒聽懂，妳解釋清楚吧！

席勒薇雅 我們正談到泰桑德何之妻。那天我到訪前，她剛遭丈夫責罵，因而垂頭喪氣。我以她為例，和麗芷特談受虐妻子的不幸，說明我的看法。

麗芷特 是啊！我們談到一張千變萬化的臉孔，那丈夫在外人面前戴的是一張面具，在妻子面前又是另一副嘴臉。

奧何岡老爺 女兒啊！這樣聽來，我明白妳為什麼畏懼婚姻了。更何況，妳對多杭特一無所知。

麗芷特 首先，他長得一表人才，這才糟糕呢！[14]

奧何岡老爺 糟糕？什麼「糟糕」？妳在說夢話嗎？

麗芷特 這是小姐的理論，我啊！只是聽從她的教導，照本宣科而已。

奧何岡老爺 好了！好了！我不是來和你們談這些的。聽著！寶貝女兒，妳知道我有多麼疼妳。多杭特要來迎娶妳，這門婚事是我上回去外省[15]時，和他父親商定的。

---

14 （接續注釋13）若讀者對照第一幕第一場，可發現麗芷特不僅重複席勒薇雅的用字，連陳述事理的方法（同樣以「首先」開始），也在她的模仿範圍。

15 "la province"，指的是巴黎以外的地區。

雖然我和他父親是多年至交，這件事你們可以全權
做主，必須兩情相悅才行，妳不可以只為取悅我，
而答應這門婚事。如果覺得不適合，妳只需實話實
說，多杭特就走；同樣的，如果他覺得妳不適合，
也會走。[16]

麗芷特　就像歌劇裡的男女對唱一樣，由兩情相悅來決定：
「您要我」、「我要您」，成！快找個公證人來！
不然就是，「您愛我嗎？」「不愛！」「我也不愛
您！」好！立刻騎馬走人。

奧何岡老爺　我從未見過多杭特，上回拜訪他父親時，他並不在
家，但是眾人對他讚賞有加，我不擔心你們會彼此
打發掉對方。

席勒薇雅　父親，您的仁慈非常令我感動。您不准我為取悅您
而行事，我會遵從的。

奧何岡老爺　是啊！這是我的命令。

席勒薇雅　可是，我有個不情之請，希望您能成全：我有個想
法，若您允許我付諸實行，我才可以完全放心[17]。

16　馬里伏和莫里哀喜劇中的父親有顯著不同，莫里哀筆下的父親多半行
　　徑可笑、多疑善忌、固執不通，往往成為兒女幸福的阻礙；馬里伏筆
　　下的父親則通情達理、善解人意，奧何岡老爺就是一個典型的例子（參
　　見導讀〈愛中的徬徨與愛的驚喜〉，頁ix-x）。除了戲劇以外，馬里伏
　　在他的散文《法國觀察家》第21、22、24卷中的〈陌生人的遭遇〉（Les
　　Aventures d'un Inconnu）裡，也曾長篇幅描寫一位無論是行為、教導，
　　都令兒女念念不忘、一生受用的模範父親。

17　席勒薇雅和多杭特都害怕面對由父母媒妁之言所訂定、僅考慮雙方身
　　分地位和財富，但卻沒有愛情的婚姻。

奧何岡老爺 說吧！如果可行，我便答應妳。

席勒薇雅 這想法絕對可行，只是，您這麼疼我，我恐怕得寸進尺了！

奧何岡老爺 那就讓妳得寸進尺吧！在這世界上，待人必須好上加好，才算夠好[18]。

麗芷特 您是全世界最好的人，才會這麼說。

奧何岡老爺 妳說說看吧！女兒。

席勒薇雅 多杭特今天會到，我希望先稍加觀察，隱瞞身分看看他。麗芷特聰明伶俐，我們兩人可以暫時交換身分[19]。

奧何岡老爺 (低聲說)她這點子可真有意思！(高聲說)先讓我考慮一下。(低聲說)如果我任由她這麼做，必有特別的事情發生，連她自己也料想不到……(高聲說)好吧！女兒，我就答應妳和麗芷特交換身分。麗芷特，妳能勝任這角色嗎？

麗芷特 老爺，您一向了解我，不妨試著對我甜言蜜語，如果您敢，還可以稍加放肆，我便會像這樣，擺出高雅的神態回應您。您說，我這樣還像麗芷特嗎？

奧何岡老爺 真不得了，連我都分辯不清了呢！時間緊迫，快去照妳的角色打扮吧！多杭特隨時會到，動作要快，

18　"dans ce monde, il faut être un peu trop bon pour l'être assez."，這句話後來成了很多評論用來形容馬里伏為人風格的名句。

19　有關「偽裝」或「喬裝」在馬里伏喜劇中的地位，參見《雙重背叛》第一幕第二場，注釋19。

　　　　　　同時，也把這件事告知全家上下。

席勒薇雅　我幾乎只差一條圍裙就夠了。

麗芷特　　我這就去打扮。麗芷特，妳就過來幫我梳梳頭，適
　　　　　　應新職務吧！伺候我的時候，請妳可要殷勤細心
　　　　　　啊！

席勒薇雅　侯爵夫人[20]，我保證讓您稱心如意。走吧！

20　席勒薇雅稱呼麗芷特為「侯爵夫人」，顯然是在開玩笑。

【第三場】

人物　　　馬里歐、奧何岡老爺、席勒薇雅

馬里歐　　妹妹，聽說咱們就要見到妳[21]那準夫婿了，恭喜妳啊！

席勒薇雅　是的，哥哥。不過我有要事，沒時間和你多談，父親會告訴你事情原委，我先走了。

21　在原文裡，馬里歐和席勒薇雅以「您」相稱，我們考慮到他們是兄妹，將之改為「你」和「妳」，特此聲明。

【第四場】

人物　　　奧何岡老爺、馬里歐

奧何岡老爺　馬里歐，別耽擱她。過來，我告訴你事情原委。

馬里歐　　父親大人[22]，有什麼新鮮事嗎？

奧何岡老爺　首先，你得答應我，不會四處張揚。

馬里歐　　我會遵命行事。

奧何岡老爺　我們今天會見到多杭特，但是，他將喬裝身分。

馬里歐　　喬裝？他來參加化妝舞會嗎？是您為他舉辦的吧？

奧何岡老爺　這是他父親的信，嗯！聽我讀這一段：「……此外，
　　　　　　小犬有個怪主意，您得知以後，不知會有何反應？
　　　　　　他自己也承認這主意的確很怪，但是我認為情有可
　　　　　　原，甚至覺得他考慮周全。是這樣的：他希望到府
　　　　　　拜訪時，能夠打扮成他的貼身僕役，而這僕役則反
　　　　　　串主人，因而徵求我的同意。」

馬里歐　　哈！哈！咱們有好戲看了！

奧何岡老爺　聽我唸完……「關於這門婚事，我們二老商定讓他
　　　　　　們自己做主。小犬深知婚姻不是兒戲，因此希望暫
　　　　　　時偽裝身分，藉此稍微了解準新娘的性情，對她有

22　"monsieur"（先生、大人），這是貴族階層稱呼自己父親的方式。

初步認識後，再決定怎麼做。根據您對可愛的令嬡
的描述，我於是放心答應小犬。他要求我也向您保
密，然而，為了謹慎起見，我還是通知您；至於令
嬡那方面，要怎麼做，就由您作主……」這就是對
方父親來信的內容。但是事情不只如此，你且聽我
道來：無獨有偶地，你的妹妹對多杭特的計畫雖然
不知情，卻出於相同的顧慮，想要暗中觀察他，因
此也求我允許她演出同樣的把戲，就像多杭特要觀
察她一樣。你說，這不是太妙了嗎？現在她們主僕
二人正在喬裝打扮，馬里歐，你說我該怎麼辦，把
這件事告訴你妹妹？還是什麼都不說好？

馬里歐　父親，說真的，既然事情如此進展，我尊重他們各
別想出來的點子，不想從中作梗。我們得設法讓喬
裝身分的兩人經常交談，看看他們能否情投意合，
察覺對方的價值。也許多杭特會無視妹妹的丫鬟身
分，對她感興趣[23]，這麼一來，可就會令她心花怒
放了。

奧何岡老爺　到時候再看她如何脫身。

馬里歐　一定有好戲可看，我打算一開始就插一腳，捉弄他
們兩人。

23　"prendre du goût pour"，馬里歐指的是一般貴族子弟對年輕漂亮的女僕
　　產生好感時的遊戲心情，孰料多杭特後來的表現竟出乎眾人意料之
　　外。

【第五場】

人物　　　　席勒薇雅、奧何岡老爺、馬里歐

席勒薇雅　父親大人，我來了！我這身丫鬟裝扮合不合適？哥哥，你大概知道事情原委了吧！你覺得我的扮相如何？

馬里歐　妹妹，說真的，那貼身僕役鐵定被妳迷倒，說不定，妳還會橫刀奪愛，從妳家小姐手中，搶走多杭特呢！

席勒薇雅　老實說，我倒不排斥以這副扮相取悅他，也不反對他無視彼此懸殊的身分，為我意亂情迷，我將樂見自己魅力得以施展，對我的千嬌百媚感到心滿意足。除此之外，這麼做還能使我更了解多杭特[24]。至於他的貼身僕役，我不擔心他來追求，那無賴[25]看到我，只會肅然起敬，不敢哀聲嘆氣向我示愛。

24　在第一幕第二場，席勒薇雅為了了解未婚夫多杭特的為人，請求奧何岡老爺允許她偽裝身分。但是在這裡，她不知不覺地透露了另外一個訊息：那就是藉此滿足自己的虛榮心，多杭特的為人如何似乎只是偽裝身分的附帶收穫。

25　"faquin"，除「無賴」、「壞蛋」外，另外一個意思「腳伕」。阿樂甘是個僕役，本來就必須為主人挑運行李，因此席勒薇雅這麼稱呼他是一語雙關。此外，阿樂甘這角色源自義大利喜劇之第二丑角（參見導讀〈愛中的徬徨與愛的驚喜〉，頁 vii-viii），而這人物在威尼斯喜劇裡的身分經常就是腳伕。

馬里歐 妹妹，話別說得太早，也許妳和這賴無賴會棋逢敵手喔！

奧何岡老爺 而且他勢必會愛上妳。

席勒薇雅 若能有幸擄獲他的心，也並非沒有好處。僕役們天生饒舌，何況，愛情使人滔滔不絕，我會設法讓他抖出他主人的一切。

一個僕役 老爺，有個僕役求見，身邊跟了一個背著行李的腳伕。

奧何岡老爺 大概是多杭特的僕役，讓他進來吧！他的主人也許有事耽擱，還留在驛站。麗芷特人呢？

席勒薇雅 她在換衣服，很快就好。她攬鏡自照，說我們把多杭特交到她的手中，實在太冒險了。

奧何岡老爺 小聲點！人來了。

【第六場】

人物　　　多杭特（僕役扮相）、奧何岡老爺、席勒薇雅、馬里歐

多杭特　　我想找奧何岡老爺，現在有幸行禮拜見的，就是他本人嗎？[26]

奧何岡老爺　是的，朋友，就是我。

多杭特　　老爺，您大概已經獲悉我們到訪的事了。我是多杭特公子的僕役，他先派我來問候您，自己隨後就到，再親自向您致意。

奧何岡老爺　你把這差事做得好極了！麗芷特，妳覺得這男孩如何？

席勒薇雅　我啊！老爺，我很歡迎他，覺得他前途無量。

多杭特　　您們實在寬宏仁慈，我只不過善盡職責而已。

馬里歐　　至少他表現不差，麗芷特，妳的心可要挺住啊！

席勒薇雅　我的心？您扯得太遠了。

多杭特　　小姐，請您息怒，我不會因公子的話而存非分之想

26　多杭特和他的僕人阿樂甘交換身分，孰料他一開口就彬彬有禮、應對得體，徹底洩漏他的身分，也因而給了本齣戲的「導戲者」奧何岡老爺和馬里歐不少乘虛而入和調侃他的機會。（有關馬里伏喜劇中的「戲中戲」和「導戲者」，請參見導讀〈愛中的徬徨與愛的驚喜〉，頁 xi-xii。）

的。

席勒薇雅　您倒很識相，我喜歡這樣的態度，**繼續保持吧！**

馬里歐　很好，不過，他稱呼妳「小姐」，未免過於嚴肅，你們都是下人，彼此之間不該這般客套，以免老是戰戰兢兢。自然點吧！妳叫麗茫特，小子，你呢？你叫什麼名字？

多杭特　公子，我叫布禾奇農[27]，我願意爲您效勞[28]。

席勒薇雅　好吧！我就叫您布禾奇農。

多杭特　那我也喊您麗茫特了，即使如此，我還是願意爲您效勞。

馬里歐　爲您效勞？這也不是你們下人之間的說法啊！應該說「爲妳[29]效勞」才對。

奧何岡老爺　哈！哈！哈！哈！

席勒薇雅　（低聲對馬里歐說）哥哥，你在作弄我。

多杭特　若要以「你」相稱，必須經過麗茫特首肯才行。

席勒薇雅　既然這麼做逗兩位大爺開心，布禾奇農，你想怎麼做，就隨你吧！這下不再那麼拘束了吧！

多杭特　謝謝妳，麗茫特。既蒙妳恩准，我就立刻照做了。

27　"Bourguignon"，"Bourgogne"是法國東部地區名，那裡的居民叫"Bourguignon"。從前的僕役常以他們的原籍地爲名。

28　參見《雙重背叛》第一幕第一場注釋10。

29　以「你」相稱是熟稔關係的開始。多杭特和席勒薇雅初次見面，馬里歐和奧何岡老爺便堅持要他們以「你」相稱，表面上是在戲弄他們，事實上這卻是兩位「導戲者」的特別用心——他們藉此強逼兩人在一開始便跨越彼此間的藩籬，加速他們關係的建立。

奧何岡老爺　孩子們，加油！如果你們開始情投意合，很多繁文
　　　　　　縟節就可以免了。

馬里歐　　　慢點！免除客套是一回事，情投意合，可就另當別
　　　　　　論了。你大概不知道，我本人對麗芷特感興趣，雖
　　　　　　然她不領情，我還是不希望布禾奇農成了半路殺出
　　　　　　來的程咬金啊！[30]

席勒薇雅　　是啊！您儘管這麼說吧！可是我呢？偏要布禾奇農
　　　　　　喜歡我。

多杭特　　　美麗的麗芷特，妳說「偏要」可貶損了自己。其實，
　　　　　　用不著妳要求，我已經為妳傾心了。

馬里歐　　　布禾奇農先生[31]，你這甜言蜜語一定是從哪兒偷來
　　　　　　的！

多杭特　　　公子，您說的是，是麗芷特的明眸令我情不自禁[32]。

馬里歐　　　住嘴！越說越離譜，我不准你這麼伶牙俐齒。

席勒薇雅　　他是否伶牙俐齒無損於您。如果我的雙眼令他情不
　　　　　　自禁對我甜言蜜語，他可以儘管說。[33]

30　「導戲者」馬里歐試圖造成自己和多杭特的敵對關係，藉此激起多杭
　　特對席勒薇雅的好感。然而他同時又聲明席勒薇雅對他並不領情，好
　　讓多杭特不致於以為席勒薇雅心有所屬而躊躇不前。

31　"Mons Bourguignon"，是由"Monsieur Bourguignon"簡化而來，這樣的
　　簡化用法帶有貶損意味。馬里歐故意在席勒薇雅面前侮辱、貶低多杭
　　特，使席勒薇雅更加憐愛、同情多杭特，甚至為他辯護。

32　對多杭特而言，眼前的席勒薇雅只是個丫鬟，但是他對她獻殷勤的方
　　式，並不似一般僕役之間粗俗、直接的打情罵俏，而是貴族沙龍裡優
　　雅、矯情的談情說愛。

33　在這一場裡，「導戲者」馬里歐一再戲弄裝扮成僕役的多杭特，而馬

奧何岡老爺 兒子啊！你輸定了，咱們走吧！多杭特馬上就到，
我們去通知席勒薇雅。妳呢，麗芷特，妳就領這男
孩去他主人房間吧[34]！再見，布禾奇農！

多杭特 您太抬舉我了。

里歐越是攻擊多杭特，席勒薇雅越是不由自主地護衛著他，當她這樣
替多杭特辯護時，自己也漸漸對多杭特有了好感。席勒薇雅下意識中
喜歡多杭特優雅的談情說愛方式，她的虛榮心受到迎合和恭維，更加
鼓勵多杭特向她獻殷勤（「如果我的雙眼令他情不自禁，他可以儘管
說。」）；這與她在前一場尚未見到多杭特時，自信又高傲的說法（「至
於他的貼身僕役，我不擔心他來追求，那無賴看到我，只會肅然起敬，
不敢哀聲嘆氣向我示愛。」）截然不同。我們可以說，席勒薇雅和多杭
特兩人初次見面，在「導戲者」馬里歐和奧何岡老爺的精心安排下，
已經擺脫重重障礙：他們以「你」相稱，彼此距離一下子拉近；又跨
越身分地位的藩籬（兩人都以為對方是下人），開始談情說愛。旁觀的
馬里歐、奧何岡老爺和觀眾，對這樣的變化瞭然於心，而兩位主角自
己卻渾然不覺，一個令兩人都意想不到的「愛的驚喜」，已在醞釀之
中。（有關馬里伏喜劇中「愛的驚喜」的主題，參見導讀〈愛中的徬徨
與愛的驚喜〉，頁ix-xii。）

34 奧何岡老爺故意安排兩人獨處的機會。

【第七場】

人物　　　席勒薇雅、多杭特

席勒薇雅　　(私下說)他們真是胡鬧，不過這無關緊要，我得把
　　　　　握一切良機。這男孩並不笨，哪一個丫鬟得到他，
　　　　　算是福氣。他一定會對我甜言蜜語，只要能夠透露
　　　　　些什麼，就任他說吧！

多杭特　　(私下說[35])這女孩真不得了，長得有如出水芙蓉，
　　　　　她的美貌可會羨煞全世界的女子，我來跟她打打交
　　　　　道吧！(高聲說)麗芷特，既然我們已經免除客套，
　　　　　以朋友相待，妳就說說看，妳家小姐是否如妳漂亮？
　　　　　她可真有膽量，敢起用妳這樣的丫鬟！[36]

席勒薇雅　　布禾奇農，從這問題看來，你似乎是無法免俗，打
　　　　　算一來就對我甜言蜜語獻殷勤，是不是？[37]

多杭特　　老實說，我來的時候並沒有這個意思。我雖然是個
　　　　　僕役，但是卻不喜歡一般下人的行事作風，所以從

35　從席勒薇雅和多杭特這頭兩段「私下說」，可以判斷兩人一開始便對
　　彼此留下極好的印象。

36　多杭特以為席勒薇雅是個丫鬟，所以故意調戲她；但是即使如此，他
　　的話語中仍然透露些許真心的讚美。

37　席勒薇雅以為對方只是個僕役，到目前為止仍然滿懷自信，以為可以
　　掌控場面，主導兩人的對話。

來沒和丫鬟有什麼來往。但是妳另當別論，沒想到我竟然降服在妳的石榴裙下[38]，近乎膽小畏縮，不但不敢隨便，反而對妳肅然起敬，以「妳」相稱時，感覺好似褻瀆。總之，也許妳會笑我，但我仍然不由自主地對妳必恭必敬。妳這公主模樣，算是哪門子的丫鬟啊？

席勒薇雅 所有的僕役看到我，反應都和你相同。[39]

多杭特 說真的，即使所有的主人都有同感，我也不意外。

席勒薇雅 你可真會說話。不過，我再三聲明，我一向不習慣聽穿著如你[40]的人甜言蜜語。

多杭特 妳的意思是說：妳不喜歡我這身僕役制服囉？

席勒薇雅 沒錯，布禾奇農，你就把我當作好朋友，別再談情說愛了。[41]

多杭特 僅僅是好朋友嗎？妳這協定共分兩項條款，而我一項也做不到。

席勒薇雅 （私下說）這僕役實在不尋常！（高聲說）無論如何，你還是得照著去做。有人預言我只會嫁給貴族，從那時候起，我便發誓只接受貴族的追求。

---

38 原文"tu me soumets"（妳降服了我）是個矯柔造作文學的用法。

39 席勒薇雅話中有話，但多杭特無法明白，只有知道席勒薇雅真實身分的觀眾和讀者才能體會其中的詼諧。

40 從前僕役身著制服。（參見《雙重背叛》第一幕第九場注釋51。）

41 席勒薇雅起初以為能夠掌控全局，欣然接受多杭特的讚美，甚至鼓勵他繼續甜言蜜語；現在她開始意識到多杭特對她的吸引力，也明白這玩笑的危險，因此打算及時阻止多杭特繼續向她獻殷勤。

多杭特　是啊！這可真有意思！我也立了同樣的誓言，只是妳立誓的對象是男人，我的對象是女人。我曾經發誓，論及真情的時候，只愛貴族人家的女孩。[42]

席勒薇雅　那就別偏離你的計畫吧！

多杭特　妳的神態高貴，也許出身貴族而不自知，說不定我並沒有偏離原來的計畫呢！

席勒薇雅　哈！哈！哈！若後果不必由我的母親來承擔[43]，我會感謝你的讚美。

多杭特　如果妳覺得我的儀表差強人意，就拿我的母親尋仇吧[44]！

席勒薇雅　(低聲說)他的確生得貴族模樣。(高聲說)我們扯遠了，別再開玩笑了。根據預言，我會嫁給貴族，我不會降低標準的。

多杭特　不得了！假如我是貴族，這預言就會威脅到我。我害怕它果真實現[45]，雖然我根本不相信占星術，但

42　席勒薇雅和多杭特兩人各自話中有話，不料張冠李戴，結果竟都說對了。此時只有觀眾和讀者能同時掌握兩人話中的涵義，感受這情況真正好笑的一面。

43　多杭特指出席勒薇雅神態高貴，也許出身貴族而不自知。然而席勒薇雅是個身分低下的丫鬟，若真如多杭特所言出身貴族，唯一的可能就是她的母親和某個貴族有染而生下她。因此，席勒薇雅也以玩笑的口吻表示，多杭特對她的讚美必須由她的母親承擔後果，代價太大。

44　多杭特暗示，如果席勒薇雅覺得他儀表不錯，也可以推測他出身貴族，後果則由他的母親承擔，但是席勒薇雅當然不會這麼猜測。

45　這又是一句帶有雙重涵義的話：事實上，多杭特真的是貴族，因此，丫鬟席勒薇雅會嫁給貴族的預言，就可能牽涉到他。在當時，貴族與平民通婚是絕對不被接受的事，更何況席勒薇雅不只是個平民，還是

是對妳的臉蛋卻信心十足[46]。

席勒薇雅 （低聲說）他真是沒完沒了……（高聲說）你說完了沒？既然這預言已經把你排除在外，你還擔心什麼？

多杭特 這預言並未說我不會愛上妳呀！

席勒薇雅 它的確沒說你不會愛上我，但是卻說你將一無所獲，我保証這預言會準得很！

多杭特 說得好！麗芷特，妳我一見面，我便盼妳能夠如此心高氣傲。這氣質和你太相配了，雖然跟我過意不去，我仍然樂見妳這般矜持，即使我將因此一無所獲，也是心甘情願，因為換來的是妳的傲氣。[47]

席勒薇雅 （低聲說）我不得不承認，這男孩的確令人刮目相看……（高聲說）告訴我，你到底是什麼人，竟然敢這樣對我說話？

個身分低下的女僕。若多杭特不顧一切娶席勒薇雅為妻，不但會被他的父親逐出家門，也會被整個上流社會所鄙棄，他將同時失去身分、地位和財富。因此他害怕這預言果真實現，使他成為預言中那位娶了丫鬟席勒薇雅，失去家族依恃和社會地位的貴族。此時多杭特和席勒薇雅只是初識，對他而言，席勒薇雅只是一個令他感興趣的女僕，尚且無法談上深情，因此多杭特在這裡只是開開玩笑，和席勒薇雅打情罵俏而已。

46 多杭特並不相信占星術和其預言，但席勒薇雅的美貌讓他相信她的確可能會嫁給貴族。

47 從多杭特這番話可以看出，他對席勒薇雅的好感並非單單建立在外表上，他除了欣賞席勒薇雅的美貌之外，更對她充滿尊重和敬意。唯有這樣的愛慕，才夠穩固，足以抵擋其他因懸殊身分、地位、財富而產生的阻力。

多杭特　　　貧窮但誠實人家的孩子。

席勒薇雅　　命運對你真不公平，好了，我由衷希望你的家境能
　　　　　　夠改善，也希望自己幫得上忙。

多杭特　　　愛情對我更不公平，我情願有資格得妳芳心，甚於
　　　　　　坐擁世上一切榮華富貴。

席勒薇雅　　（私下說）感謝上天，我們總算落入俗套，開始打情
　　　　　　罵俏了[48]。（高聲說）布禾奇農，我不介意你說了這
　　　　　　些話，但是求你換個主題吧！談談你家公子，別再
　　　　　　跟我談情說愛了好嗎？

多杭特　　　如果妳別再令我神魂顛倒的話……[49]

席勒薇雅　　啊！我已經失去耐性，就要生氣了。我再說一次，
　　　　　　別再提你的愛情了。

多杭特　　　那麼妳就別長得如花似玉吧！

席勒薇雅　　（私下說）他在浪費我的時間[50]……（高聲說）布禾奇
　　　　　　農，你到底有完沒完？你要我走開才肯罷休嗎？（私
　　　　　　下說）我早該這麼做了[51]。

多杭特　　　等一下！麗芷特，我本來有別的話要跟妳說，現在

48　僕人和丫鬟互相打情罵俏，的確是個慣例。席勒薇雅這裡當然是諷刺
　　的說法。

49　多杭特意思是，席勒薇雅令他神魂顛倒，所以他不由自主想對席勒薇
　　雅談情說愛。

50　"il m'amuse"，動詞"amuser"在此可有兩種不同的解釋，一是「使開
　　心」，一是「欺哄、消磨時間」，因此這裡或可譯作「他實在逗趣」。

51　席勒薇雅和多杭特兩人當中，應屬席勒薇雅最有階級偏見。但是即使
　　她早已有所警覺（見注釋41），卻仍不由自主地聽任下人多杭特對她談
　　情說愛、甜言蜜語，遲遲沒有中斷兩人的談話。

卻忘了要說什麼。

席勒薇雅 我本來也有話要說，但是被你這麼一攪和，也忘了要說的話。

多杭特 我想起來了。我正問妳，妳家小姐是否如妳漂亮。

席勒薇雅 你拐彎抹角，又重施故技了。再見！

多杭特 不！麗芷特，這是替我家公子打聽的。

席勒薇雅 好吧！我本來也想跟你談他，希望私下了解他的為人。你對他忠心耿耿，使我對他印象良好，他能有你這樣的僕役，想必是位仁人君子[52]。

多杭特 我總可以為這番話謝謝妳吧！

席勒薇雅 我只是隨口說說，你能不能置之不理？

多杭特 妳這樣的回答，又令我魂不守舍了。我真是不幸，竟然迷上如此絕世美女，只好任憑妳處置，不再抗拒了。

席勒薇雅 而我呢？我不明白自己為什麼心慈手軟，還在這裡聽你甜言蜜語，這實在太不尋常了。

多杭特 妳說得對，我們的遭遇絕無僅有。

席勒薇雅 (私下說)他跟我說了這些話，我不但留在這裡沒有走開，並且還搭理他，未免太可笑了。(高聲說)再見！

多杭特 把話說完吧！

席勒薇雅 再見！聽到了嗎？我不會再通融了。如果你的主人

---

52 席勒薇雅這是間接讚美多杭特。

　　　　　值得認識，等他來了以後，我自會設法替我家小姐
　　　　　了解他[53]。這是你們的房間[54]，你先看看吧！
多杭特　　瞧！我家公子來了。

53　席勒薇雅即使對多杭特有好感，仍然把他當成下人看待。在這一場裡，
　　她對多杭特說話一直是持著上對下的高傲口氣，完全不像個女僕。
54　"appartement"，參見第一幕第一場注釋12。

【第八場】

人物　　　多杭特、席勒薇雅、阿樂甘

阿樂甘　啊！布禾奇農，原來你在這裡！他們有沒有善待我的行李和你自己呢？

多杭特　公子，這無庸置疑。

阿樂甘　那邊有個佣人叫我先來這裡，他說我丈人現在和我老婆在一起，他們這就去通知他。

席勒薇雅　公子，您指的大概是奧何岡老爺和他的女兒吧！

阿樂甘　是啊！我是來娶老婆的，這門親事已經商定，他們就等我來迎娶。現在只差一場典禮，這是芝麻小事，所以說他們是我丈人和老婆，還不是一樣。

席勒薇雅　這芝麻小事仍然值得深思熟慮啊！

阿樂甘　是啊！可是想過了以後，就不用再想了。

席勒薇雅　(低聲對多杭特說)布禾奇農，在貴府要成為仁人君子好像不難嘛！

阿樂甘　美人，妳跟我的僕人說什麼？

席勒薇雅　沒什麼，我說我要去請奧何岡老爺下來。

阿樂甘　為什麼妳不和我一樣，說我丈人呢？

席勒薇雅　因為他尚未成為您的丈人啊！

多杭特　她說得對，公子，婚禮尚未舉行。

阿樂甘	我就是來舉行婚禮的呀！

多杭特　那就等婚禮過後，再叫丈人吧！

阿樂甘　得了吧！今天叫丈人和明天叫丈人有什麼差別，何必這麼囉唆？

席勒薇雅　是的，公子，我們錯了，已婚和未婚，差別的確不大。[55]我這就趕去通知您的丈人，告訴他說您已經到了。

阿樂甘　請別忘了，還有我老婆。不過妳離開以前，先回答我一個問題：妳生得如花似玉，是不是這府上的丫鬟？

席勒薇雅　您說對了。

阿樂甘　很好，我很滿意。妳覺得我怎麼樣？大家會喜歡我嗎？

席勒薇雅　我覺得您……討人喜歡[56]。

阿樂甘　好，這太好了，別改變妳的看法，也許將來會派上

55　席勒薇雅這裡是帶著諷刺和鄙視的口氣附和。她對阿樂甘這位未婚夫初次印象惡劣，卻對未婚夫的僕人多杭特極有好感。

56　席勒薇雅一語雙關。阿樂甘問「大家會喜歡我嗎？」（"Croyez-vous que je plaise ici？"），席勒薇雅稍微停頓了一下，說"Je vous trouve……plaisant."。形容詞 "plaisant"由動詞"plaire"而來，意思是「討人喜歡」或「逗趣、可笑」。席勒薇雅藉「重複對話者台詞」玩弄文字遊戲，表面上禮貌地回答了阿樂甘的問題（「我覺得您……討人喜歡」），事實上卻是語帶輕蔑地取笑阿樂甘（「我覺得您……可笑極了」）。然而，粗俗的阿樂甘不能領會，只有多杭特和觀眾能聽出席勒薇雅使用"plaisant"這個字的真正用意。

用場[57]。

席勒薇雅 您太客氣了。不過我得先離開[58]，他們大概忘記通
知您的丈人，否則他早該到了。我這就去請他過來。

阿樂甘 告訴他，我竭誠等待他！

席勒薇雅 （私下說）真是造化弄人，他們兩人沒有一個適任。

---

57 阿樂甘很清楚自己是誰，也知道自己遲早必須回復到原來的身分。而
眼前這位女僕席勒薇雅漂亮又聰明，他當然希望將來還原僕役身分
時，能夠和她交往，因此希望席勒薇雅維持對他的好印象。

58 相較於前一場席勒薇雅和多杭特的單獨會面，這一場顯得又短又急。
席勒薇雅面對多杭特時，即使意識到自己聽任一個僕役談情說愛似乎
不成體統，仍然一再延長兩人談話的時間；反之，當她和未婚夫阿樂
甘會面時，不但沒有把握機會了解他的為人，反而顯得很不耐煩，她
無法忍受粗俗的阿樂甘，幾乎是找個藉口逃離現場。

【第九場】

人物　　　多杭特、阿樂甘

阿樂甘　公子，怎麼樣，我一開始的表現不錯吧！我已經釣到那丫鬟了。

多杭特　你這粗人！

阿樂甘　怎麼會？我的進場表現那麼精彩，怎麼會是粗人？

多杭特　我一再耳提面命，要求你只需正經嚴肅，而你也答應過我，講話不再那麼笨頭笨腦、粗俗難耐的。算了，是我自己粗心大意，竟然信賴你。

阿樂甘　接下來我會表現得更好。既然嚴肅不夠管用，我就愁眉苦臉，必要的話，還可以哭給他們看。

多杭特　我真是不知所措，這件事讓我六神無主，我該怎麼辦？[59]

阿樂甘　您不中意那位小姐嗎？

多杭特　你給我閉嘴。奧何岡老爺來了！

---

[59] "Je ne sais plus où j'en suis ; cette aventure-ci m'étourdit. Que faut-il que je fasse ?"這是馬里伏劇中人迷失、徬徨在愛中時的典型表現。（參見導讀〈愛中的徬徨與愛的驚喜〉，頁x-xii。）

【第十場】

人物　　　　奧何岡老爺、多杭特、阿樂甘

奧何岡老爺　親愛的公子，我剛剛才知道您已抵達，讓您久等了，真是萬分抱歉。

阿樂甘　　萬分抱歉？老爺，這太多了吧！您只犯一個錯，只要一分抱歉就夠了[60]。此外，我所有的原諒都願意爲您效勞[61]。

奧何岡老爺　我會盡力不需要勞您原諒。

阿樂甘　　一切由您做主。而我呢？我願意爲您效勞。

奧何岡老爺　我期待您已久，真榮幸見到您。

阿樂甘　　我經過長途旅行，衣衫襤褸不整，爲了穿得比較合胃口[62]，所以沒有立刻和布禾奇農一塊兒來。

奧何岡老爺　您穿得好極了。小女先前身體微恙，現在正在更衣，您要不要先喝點東西？

阿樂甘　　喔！我從來不排斥乾一杯的。

60　阿樂甘牢記主人在上一場的叮嚀，試圖表現得莊重又客套，無奈這改變只是徒增喜劇效果。

61　阿樂甘將傳統客套語"je suis à votre service."（我願意爲您效勞）改變爲"tous mes pardons sont à votre service."（我所有的原諒都願意爲您效勞）。（參見《雙重背叛》第一幕第一場注釋10）

62　參見《雙重背叛》第一幕第四場注釋40。

奧何岡老爺　布禾奇農，小伙子，你也來一杯。

阿樂甘　　　這小子是個老饕，從不拒絕好東西。

奧何岡老爺　那就別客氣了。

第二幕

【第一場】

人物	麗芷特、奧何岡老爺
奧何岡老爺	什麼事，麗芷特？
麗芷特	我必須跟您談一會兒。
奧何岡老爺	關於什麼事？
麗芷特	關於事情進展狀況，我必須讓您了解實情，以免您怪我。
奧何岡老爺	事態很嚴重囉？
麗芷特	是啊！非常嚴重。您同意讓席勒薇雅小姐和我交換身分，我本來也覺得無關緊要，可是我錯了。
奧何岡老爺	事情有多嚴重？
麗芷特	老爺，要我誇口，實在有點困難。當然我知道謙虛

的道理，但還是得告訴您，如果您再不介入，那準
女婿的心就飛啦！小姐應該趕快表明身分，再晚一
天，後果我無法保證。

奧何岡老爺 他知道小女的真實身分後，為什麼不會願意娶她
呢？妳對她的魅力感到懷疑嗎？

麗芷特 那倒不是，不過您低估我的實力，我的魅力與日俱
增，您最好趕快阻止。

奧何岡老爺 恭喜妳了。（他笑）哈！哈！哈！

麗芷特 果然不出我所料，老爺，您還在開玩笑，您取笑我。
真令人懊惱，您會上當的。

奧何岡老爺 麗芷特，妳儘管施展魅力吧，別擔心。

麗芷特 我再重複一次，多杭特越來越傾心於我，我說給您
聽聽：目前，他對我印象很好；到了今晚，他就會
愛上我；明天，他將為我痴狂。也許您認為我配不
上他，說他沒品味，隨您怎麼說，事情仍然會發生。
您明白了嗎？我保証，明天他會為我意亂情迷。

奧何岡老爺 這有什麼關係，如果他這麼愛妳，就娶妳為妻吧！

麗芷特 什麼？您不阻止嗎？

奧何岡老爺 如果妳有本事讓他走到這地步，我人格保証，絕對
不會阻止[1]。

麗芷特 當心啊！老爺。到目前為止，我並未刻意施展魅力，

1　奧何岡老爺的意思是，他不會阻止麗芷特和阿樂甘的婚事。但是麗芷
特一心以為阿樂甘就是多杭特，於是沉浸在即將嫁給貴族的幻夢中，
對自己的魅力感到驕傲不已。

只是順其自然，就已經掌握他的心思；一旦我正式插手，將會令他神魂顛倒，到時候恐怕無藥可救了。

奧何岡老爺 不管妳是令他神魂顛倒、形銷骨毀，或乾柴烈火，甚至最後嫁給他，只要妳辦得到，我便允許。

麗芷特 既然如此，我想我是發財有望、馬到成功了[2]。

奧何岡老爺 等一等，告訴我，小女和妳說過話了嗎？她覺得這準夫婿如何？

麗芷特 這準夫婿死纏著我不放，所以我們還沒有機會說話。不過，初步看來，我猜小姐並不滿意，她愁眉不展，看起來心事重重，我預料她會叫我讓對方知難而退。

奧何岡老爺 我不准妳這麼做。目前我避免和她碰面說明白，我要妳們繼續偽裝身分，這麼做自有我的道理，我希望小女從容自在地觀察她未來的夫婿。那僕役呢？他表現得如何？是否開始喜歡小女了？

麗芷特 那傢伙是個怪胎，人長得俊，就自命不凡，在小姐面前裝模作樣，甚至盯著小姐嘆氣呢！

奧何岡老爺 小姐生氣了嗎？

麗芷特 她……她臉紅。

奧何岡老爺 妳誤會了，區區一個僕役的眼神，不至於令她困窘至此。

麗芷特 老爺，她真的臉紅了。

2　對麗芷特而言，能夠嫁給貴族，不僅是如夢似幻的浪漫故事，從現實面來看，她的社會地位和生活環境將從此完全改觀。

奧何岡老爺 那麼就是氣紅了。

麗芷特 是啊！這倒好極了[3]！

奧何岡老爺 這樣好了，妳見到她，就說妳懷疑這僕役故意挑撥離間，想令她對他主人產生偏見。如果她聽了勃然大怒，妳別擔心，一切由我負責。多杭特來了，好像要找妳。

3　麗芷特這是諷刺的反話。

【第二場】

人物　　　　麗芷特、阿樂甘、奧何岡老爺

阿樂甘　　啊！美若天仙[4]的小姐，我到處問人找您，原來您在
　　　　　　這裡。親愛的丈人，或者說，準丈人，我願意爲您
　　　　　　效勞。

奧何岡老爺　我也願意爲您效勞。孩子們，再見！我讓你們獨處，
　　　　　　在婚前先培養感情。

阿樂甘　　我啊！結婚和相愛，兩件活兒可以同時來。

奧何岡老爺　別急，慢慢來。再見！

4　"merveilleuse dame"，阿樂甘自以爲用了一個當時流行的精采好詞來讚
　　美麗芷特，但事實上，這詞語當時是用來指一個矯柔造作的女人，是
　　個諷刺的用法。

【第三場】[5]

人物　　　麗芷特、阿樂甘

阿樂甘　小姐，老頭子要我慢慢來，他說得可真輕鬆。

麗芷特　公子，我不相信您真的等不急，您剛到，不可能對我產生深厚的感情，頂多是愛苗初生而已。我想，您只是出於殷勤而故作猴急罷了。

阿樂甘　絕代佳人，您這就錯了！您所啓發的愛情，不會在搖籃裡久待：您看我第一眼，我的愛意就誕生；再看我一眼，它從此有了力氣；您第三次看我，它便長成翩翩少年。既然您是它的娘，就請好好照顧它，我們趕快讓它成家立業吧！

麗芷特　您嫌我棄它不顧，沒有善待它嗎？

5　這一場和第一幕第七是相互對應的兩場。在第一幕第七場是兩個假僕人多杭特和席勒薇雅獨處的機會，這裡則是兩個假主人阿樂甘和麗芷特的對手戲。阿樂甘和麗芷特都以為對方是貴族，因此講起話來故意咬文嚼字，模仿平時由主人那兒聽來的沙龍式文雅對話。嬌柔造作文學習慣避免使用過於具體的詞語，沙龍裡的假才子更是拐彎抹角用暗喻（métaphore）來引人注意，突顯自己的「才華」。阿樂甘在這一幕中分別用小孩的成長、美酒和竊賊來比喻他對麗芷特的愛意、麗芷特的玉手和雙眼，就是典型的例子；然而這做作的說話方式和他的品味格格不入，形成這場戲幽默所在。（參見導讀〈愛中的徬徨與愛的驚喜〉，頁xv，注釋48「嬌揉造作之風」）

阿樂甘	在它成家立業之前，您這白嫩的玉手就借它消遣一下吧！
麗芷特	諾！小無賴，既然您吵鬧不休，就讓您玩玩吧！
阿樂甘	（親吻她的手）我心愛的小寶貝！這好似甘醇的美酒，令我陶醉，可惜只能喝這一小杯[6]。
麗芷特	好了，您貪得無厭，歇歇吧！
阿樂甘	在開始生存之前，我只求苟延殘喘。
麗芷特	您是不是應該理智一點？
阿樂甘	理智？唉！我已經失去理智了，您美麗的雙眼就是偷走它的賊啊！
麗芷特	您真的那麼愛我嗎？真令人難以置信。
阿樂甘	管它可不可能，我就是瘋狂地愛上您。您照照鏡子，就知道我的話千真萬確了[7]！
麗芷特	我的鏡子只會徒增我的懷疑而已。
阿樂甘	啊！可愛的寶貝，您這是故作謙虛吧！
麗芷特	有人來了，是您的僕役。

6　"une roquille"，這本是以前度量酒的最小量器，相當於四分之一升。

7　阿樂甘意思是說：「您照照鏡子，看看您的容貌，就可以知道它對我的吸引力有多大了。」

【第四場】

人物　　　多杭特、阿樂甘、麗芷特

多杭特　　公子，我可以和您談談嗎？

阿樂甘　　不可以！這些可惡的下人，總讓我們的耳根不得清
　　　　　靜[8]！

麗芷特　　您就聽他說說有什麼事吧！

多杭特　　我只有簡短的話要說[9]。

阿樂甘　　小姐，如果他多說一個字，我就說第三個字炒他魷
　　　　　魚。你說吧！

多杭特　　（低聲對阿樂甘說）你這畜生，給我過來！

阿樂甘　　（低聲對多杭特說）您這是罵人，不是說話呀！（對麗
　　　　　芷特說）我的王后，請見諒。

麗芷特　　去吧！去吧！

多杭特　　（低聲說）你給我停止這些胡鬧，小心露出馬腳。正
　　　　　經點，裝著若有所思，甚至悶悶不樂，聽到了沒有？

阿樂甘　　是的，我的朋友，您別擔心，快走吧！

8　阿樂甘很可能模仿平時自主人那兒聽來的話。

9　"Je n'ai qu'un *mot* à vous dire."，"mot"可解釋為「字」或「句子」。阿
　樂甘抓住多杭特句子的表面字意，將它解釋為「我只有一個字要說」。

【第五場】

人物　　　阿樂甘、麗芷特

阿樂甘　啊！小姐，我正要對您甜言蜜語，他偏偏來攪和；
　　　　　現在，除了說我的愛不同凡響以外，我只講得出一
　　　　　些陳腔濫調了。對了，說起我的愛，您的愛什麼時
　　　　　候來陪伴相隨呢？

麗芷特　您可以抱著希望。

阿樂甘　您認為就快了嗎？

麗芷特　這問題太突然，令我很為難，您知道嗎？

阿樂甘　我熱情如火、心急如焚，實在是無可奈何呀！

麗芷特　但願我現在能夠解釋清楚[10]……

阿樂甘　我認為您有話可以直說。

麗芷特　可是女性的矜持阻止我說。

阿樂甘　現在不是矜持的時候，給我一些恩惠吧。

麗芷特　您到底要我怎麼樣？

阿樂甘　說一下您愛我吧。像我這樣：我啊！我愛您。公主，

10　麗芷特有口難言，阿樂甘對她如此著迷，她無法就此坦白自己的真實
　　身分，唯恐阿樂甘知道她是女僕後，就不再迷戀她。這麼一來，幾乎
　　要到手的財富和地位（第二幕第一場中，奧何岡老爺已經應允他們兩人
　　的婚事），都將落空。

　　　　　您也出個回聲，跟著我重複說吧！

麗芷特　您真不知足！好吧！公子，我愛您。

阿樂甘　小姐，我樂不可支，幸福得不知所措，恐怕就要樂
　　　　　瘋了。您愛我！真教我心花怒放！

麗芷特　而我呢！相識不久便受您如此抬舉，我不禁受寵若
　　　　　驚。等我們熟識以後[11]，您也許就不會那麼愛我了。

阿樂甘　啊！小姐，等我們彼此熟識[12]，我損失可就慘重了，
　　　　　您會對我大打折扣的。

麗芷特　您把我想得太好了。

阿樂甘　小姐，您也不了解我的底細，其實，我只配跪著對
　　　　　您說話。

麗芷特　請記住，沒有人能主宰自己的命運。

阿樂甘　是啊！全由父母的心血來潮決定[13]。

麗芷特　不管您身分地位如何，我心非您莫屬。

阿樂甘　現在仍然是選擇我的好時機啊[14]！

11　麗芷特話中有話，她所謂「等我們熟識」，是指等阿樂甘知道她的真
　　實身分以後。這話阿樂甘當然無法領會，只有觀眾和讀者能體會她的
　　猶豫與難堪。

12　（接續注釋10和11）阿樂甘的顧忌和麗芷特相同。這時只有同時知道兩
　　人真實身分的觀眾和讀者能體會這情況的滑稽之處。

13　麗芷特和阿樂甘都以為對方故作謙虛，所以就這麼張冠李戴，各說各
　　的。從兩人竭力想要克服自己的猶豫和害怕，拐彎抹角試圖向對方招
　　供真相，擺脫目前的窘境，可以看出他們的純真與可愛。他們兩人都
　　沒有欺騙對方的意圖，只是勇氣不足，尚且無法坦承一切，這正是這
　　一場戲滑稽所在。

14　阿樂甘話中有話，他現在仍具備貴族身分，如果麗芷特要選擇他，這
　　正是好時機；等到真相大白，麗芷特恐怕就不要他了。麗芷特當然聽

麗芷特　　我能奢望您以同樣的態度相待嗎？

阿樂甘　　唉！就算您是貝荷特或瑪歌[15]，手拿燭台走下地窖[16]，永遠都是我的公主。

麗芷特　　但願這款款深情能夠天長地久！

阿樂甘　　雖然您對我看走了眼[17]，爲了鞏固彼此的情意，我們發誓此情永遠不渝吧！

麗芷特　　非常樂意，我比您更需要這樣的誓言[18]。

阿樂甘　　（跪下）您的大慈大悲令我感激涕零，我在此磕頭拜謝。

麗芷特　　快起來！我不許您這麼做，這樣下去，我會被人看笑話的。快起來，有人來了。

　　　不出這一層面的意思，她只會以爲阿樂甘眞如他自己所説，熱情如火，因此急著要她表態。

15　"Perrette"和"Margot"是傳統農家女或女僕的名字，其中"Perrette"更是法國17世紀著名的寓言作者拉封登(La Fontaine)的寓言《賣牛奶的女孩》(*Perrette et le pot au lait*)女主角的名字。沒想到阿樂甘張冠李戴、誤打誤撞，竟然猜中麗芷特的眞實身分。

16　地窖是存放食糧的地方，只有僕人才會下地窖拿東西。

17　阿樂甘指的是麗芷特對他身分地位的誤會。

18　他們兩人都不希望對方在眞相大白之後拋棄自己，所以兩人都需要這樣的誓言。

【第六場】

人物	麗芷特、阿樂甘、席勒薇雅
麗芷特	麗芷特,妳有什麼事?
席勒薇雅	小姐,我有話對您說。
阿樂甘	又來了。去!去!朋友,十五分鐘後再來吧!我們家鄉的丫頭,主人沒叫她,不會自己進來的。
席勒薇雅	公子,我有話對小姐說。
阿樂甘	這丫頭可真固執!我的王后,把她趕走吧!姑娘,妳走吧!我們奉命在結婚前先談戀愛[19],別打擾我們執行任務。
麗芷特	麗芷特,妳不能等一會兒再來嗎?
席勒薇雅	可是,小姐……
阿樂甘	可是?這可是令我火冒三丈!
席勒薇雅	(低聲說)啊!這無賴!(高聲說)小姐,我真的有急事。
麗芷特	公子,請讓我來打發她吧!
阿樂甘	可惡!既然我別無選擇,而她[20]也願意……我就忍耐著點……先去散步,等她處理完。啊!這些笨頭

19　奧何岡老爺在第二幕第二場離開阿樂甘和麗芷特之前,曾對他們說:
　　「我讓你們獨處,在婚前先培養感情。」
20　「她」指的是麗芷特,阿樂甘這裡是在自言自語。

笨腦的僕人[21]！

21　阿樂甘很快便有樣學樣，和一般主人一樣，嫌惡伺候他們的下人。但
　　是這類話語出自本身粗俗的阿樂甘口中，顯得不倫不類，喜感十足。

【第七場】

人物　　　　席勒薇雅、麗芷特

席勒薇雅　妳居然沒有立刻打發那畜生[22]，任我忍受他的粗言
　　　　　惡行，倒真令人嘖嘖稱奇啊！

麗芷特　　當然啦！小姐，我得選擇扮演小姐或丫頭，發號施
　　　　　令或聽從命令，總不能兩個角色一起來吧！

席勒薇雅　好吧！但是既然他已經離開，妳還是把我當主人，
　　　　　好好聽我說吧！妳看得出來，這人根本不適合我。

麗芷特　　那是因為您沒有足夠的時間觀察他。

席勒薇雅　妳瘋了嗎？我一眼就看出我們並不相配，妳竟然要
　　　　　我多觀察！總而言之，我根本不想嫁給他。父親一
　　　　　直躲我，也不跟我說話，顯然對我的態度不以為然。
　　　　　在這情況下，就由妳出面，技巧地告訴那年輕人妳
　　　　　並不想嫁給他，設法讓我抽身。

麗芷特　　我做不來，小姐。

席勒薇雅　做不來？為什麼？

麗芷特　　奧何岡老爺禁止我這麼做。

席勒薇雅　他禁止妳這麼做？這完全不像父親的作為。

22　由此可見席勒薇雅對阿樂甘的厭惡。

麗芷特	絕對禁止。
席勒薇雅	那麼請妳負責告訴他，我厭惡多杭特，而且主意已定。如此一來，我不相信他還會繼續堅持。
麗芷特	可是，小姐，這準夫婿到底哪一點不好，什麼地方討人厭了？
席勒薇雅	告訴你，我就是討厭他，而妳那付事不關己的樣子，也叫人生氣。
麗芷特	大家[23]只要求您多花點時間認識他，如此而已。
席勒薇雅	我對他深惡痛絕，多花時間徒增我對他的反感。
麗芷特	他的僕役，那自以爲是的傢伙，該不會是他跟您說了什麼，破壞您對他的印象吧？
席勒薇雅	哼！笨丫頭，這干他的僕役什麼事？
麗芷特	那人巧言令色，我不信任他。
席勒薇雅	妳有完沒完？妳不必擔心這僕役，我一直小心翼翼，沒讓他找機會多說話。即使他說過一點什麼，也是規規矩矩的。
麗芷特	我猜他一定在您面前造謠生事，想炫耀自己的聰明才智。
席勒薇雅	我裝扮成丫鬟，難道就必須聽他甜言蜜語？是誰招

23　原文裡，麗芷特用的是不定代名詞"on"，這個字所指的主詞並不明確，通常由上下文判定，在這裡可以解釋爲「我們、大家」。也就是說，麗芷特爲阿樂甘辯護，要求席勒薇雅多給他一些時間，不僅是遵守奧何岡老爺的命令，多少也爲了她自己：如果席勒薇雅多給阿樂甘一些時間，麗芷特自己便有更多的機會和阿樂甘相處，完全贏得阿樂甘的心，並且敲定兩人的婚事。

惹妳了？妳爲什麼無中生有，任意誣賴他？我不得
不替他辯護，我不能任妳在他們主僕之間挑撥離
間，說他是騙子，也不能讓別人以爲我是傻瓜，任
他在我面前造謠生事。

麗芷特 喔！小姐，既然您氣急敗壞，用這樣的語氣替他辯
護，我也無話可說了。

席勒薇雅 我用這樣的語氣替他辯護？那麼妳自己的語氣呢？
妳這話是什麼意思？妳腦子裡是怎麼想的？

麗芷特 小姐，我是說，我從未見過您這模樣，也不明白您
爲什麼暴跳如雷。好吧！如果這僕役什麼也沒說，
那很好，我相信您，這不就沒事了，您沒有必要爲
了替他辯解而大發雷霆。您對他印象好[24]，我並不
反對啊！

席勒薇雅 妳看妳是怎麼扭曲事實的？根本是存心不良，
快……快把我氣哭了！[25]

麗芷特 怎麼，小姐，您認爲我在暗示什麼[26]？

席勒薇雅 我認爲妳在暗示什麼！我爲了他而責備妳！我對他
印象好！妳竟敢如此放肆！天啊！我對他印象好！

24　在這一場裡，席勒薇雅因氣憤、焦慮而六神無主，反之，麗芷特完全
　　掌控兩人的對話，她比女主人更早看清事實，並直截了當點出女主人
　　對僕役多杭特的好感，令女主人窘迫不堪。

25　席勒薇雅氣急敗壞，不僅因為麗芷特攻擊扮僕役的多杭特，更因為麗
　　芷特言之有理：她身為富家千金，竟然情不自禁為一個僕役辯護——
　　而她並不願意向自己和別人承認這樣的事實。

26　麗芷特故意挑釁。

真叫人無言以對。這些話是什麼意思？妳自以爲在
對誰說話？爲什麼我會碰上這種事？我們到底怎麼
了？

麗芷特　我也莫名其妙，不過，您實在令我目瞪口呆！

席勒薇雅　妳的話令人火冒三丈。我受不了妳，快給我出去，
讓我清靜一下！我自會採取其他辦法。

【第八場】

人物　　　席勒薇雅（獨自一人）

席勒薇雅　回想她剛才那一番話，我仍然不寒而慄。這些厚顏
無恥的僕人，竟然如此羞辱我們，真是目中無人，
害我心情無法恢復平靜。她的話不堪入耳，令我膽
顫心驚。而這一切，竟然是爲了一個僕役[27]！事情
太不尋常了！這丫鬟肆無忌憚，害我六神無主，別
理會她的話了。布禾奇農來了，我就是爲了他而動
怒的，但是這並非他的錯，可憐的男孩[28]，我不應
該怪他。

27　我們可以由此再次看出席勒薇雅的階級歧視。正因如此，當她的女僕
　　麗芷特猜透並道出她的心意時，她覺得倍受羞辱，無地自容。
28　這是個親切而帶著憐愛的稱呼。

【第九場】

人物　　　多杭特、席勒薇雅

多杭特　麗芷特，我知道妳討厭我，但是我心有不滿，必須對妳說。

席勒薇雅　布禾奇農，求求你，我們別再以「你」相稱了。

多杭特　隨便妳！

席勒薇雅　可是你仍然稱我為「妳」呀！

多杭特　妳也是啊！妳剛剛對我說「求求你」。

席勒薇雅　那是不小心脫口而出的[29]。

多杭特　那就順其自然吧！我們相處的時日不多，沒有必要如此拘束。

席勒薇雅　你家公子要走了嗎？這對我並非什麼損失。

多杭特　我幫妳把心裡的想法說完：我走了，對妳而言，也不是什麼損失，對不對？

席勒薇雅　我心裡怎麼想，是我個人的事，而我根本沒有想到你[30]。

29　可見得席勒薇雅和多杭特相處自在，不需別人強迫，她自然而然稱他為「你」。

30　（接續注釋29）席勒薇雅雖然要求多杭特以「妳」相稱，卻連自己也改不過來。

多杭特 但我卻對妳朝思暮想。

席勒薇雅 聽著！布禾奇農，我們一次把話說清楚吧！不管你留下來、離開，或者再回來，對我而言，都應該無關痛癢，而事實上，我也真的無動於衷。我對你沒有任何意思，我既不恨你，也不愛你，除非失去理智，否則將來也一樣，這就是我的態度。基於理智，我別無選擇[31]，而我根本不應該告訴你這些。

多杭特 我真是心如刀割，也許從此終生寢食難安。

席勒薇雅 他在胡思亂想，讓人於心不忍。我們言歸正傳吧！我聽你說話，而且有應有答，算是仁至義盡，甚至超過應有的限度。相信我，如果你知道實情，就會明白我心慈手軟，對我銘感在心。若是別人這麼做，我一定會責備她；然而現在我內心坦然，毫不後悔，因為你值得我這麼做。我這番話純粹出於善意，但是不能繼續這樣下去，這善意暫時無害，我卻無法保證它不會變質，到頭來弄得一無是處[32]。所以，布禾奇農，我們別再談了。求求你！別再談了。這麼做有何意義呢？算了，這無關緊要，我們別再談這話題了。

多杭特 啊！親愛的麗芷特，我真是苦不堪言！

---

31 席勒薇雅意識到自己喜歡多杭特，但是卻別無選擇，因為多杭特社會地位低下。

32 席勒薇雅意識到她無法掌控自己的心，最後理智恐怕會不敵感情的誘惑。

席勒薇雅	現在回到正題[33]。你進來的時候，對我表示不滿，到底為了什麼？
多杭特	沒什麼，不過小事一樁。我想見妳，所以找了一個藉口。
席勒薇雅	(私下說)我該怎麼回答？即使生氣也無濟於事啊！
多杭特	妳家小姐離開的時候，似乎怪我在妳面前詆毀我家公子。
席勒薇雅	那是她胡思亂想。如果她再提起，你儘管否認，其餘的由我負責。
多杭特	噢！我在意的並非此事。
席勒薇雅	如果你要說的就是這些，我們就沒什麼好談了。
多杭特	至少讓我能夠繼續見到妳吧！
席勒薇雅	你可真是義正嚴辭啊！我居然成了布禾奇農迷戀的對象！將來回想起這一切，恐怕連自己也覺得可笑。
多杭特	妳取笑我，這不無道理，因為我自不量力，既不知道自己在說什麼，也不明白自己的要求太離譜[34]。

33　席勒薇雅這裡自相矛盾，表面上，她要求多杭特結束有關兩人情感的話題，似乎不想和他多說話；但自己卻又另闢一個話題，延長兩人接觸的時間。這樣曖昧不清的態度，可能有多方面原因：也許她同情多杭特，不忍看他難過；也許她受多杭特吸引，理智上告訴自己不可以再繼續，但又情不自禁想多聽多杭特說話；但這也有可能是她的虛榮心作祟，希望享受多杭特為她著迷的勝利感。基於這些連她自己也分辨不清的複雜心理，她就這麼身陷在愛的迷惘中，無法自拔。

34　多杭特因憂傷氣餒而說了這些話，他語帶諷刺，自認為是明白點出席勒薇雅心理的想法。

告辭了！

席勒薇雅 再見！你的決定是對的……說到這兒，我還想知道一件事[35]：你剛才說，你們要走了，是認真的嗎？

多杭特 要是不走，我會發瘋。

席勒薇雅 哼！我把你留下來，並非為了聽到這樣的回答啊！

多杭特 而我所犯的唯一錯誤，就是初次見到妳的時候，沒有立刻離開。

席勒薇雅 （私下說）我必須時刻忘掉自己竟然還在聽他說話。

多杭特 麗芷特，如果妳知道我此刻的心境……

席勒薇雅 噢！請相信我，我的心境比你複雜[36]！

多杭特 我哪裡做錯了？我並不奢望妳回應我的愛啊！

席勒薇雅 （私下說）別相信他的話。

多杭特 即使我費盡心思，又能奢望得到什麼呢？唉！就算贏得妳的芳心……[37]

席勒薇雅 願上天保佑我，不要愛上你[38]，即使愛上你，我也不會讓你知道，甚至還會設法讓自己不自覺。真不

---

35 （接續注釋33）席勒薇雅再次拖延兩人談話：她分明不希望多杭特離開。

36 因她無法想像自己竟會愛上一個僕役。

37 多杭特試圖讓席勒薇雅明白，除了席勒薇雅的心意所屬之外，他還另有隱情。他以為席勒薇雅是個女僕，因此就算贏得席勒薇雅芳心，礙於彼此懸殊的身分地位，兩人還是不能結合，然而席勒薇雅無法體會他的難處，以為多杭特配不上她。

38 （接續注釋37）席勒薇雅非但不能體會多杭特的心情，在兩人都喬裝身分的雙重效應下，她這張冠李戴的回答，反而更讓多杭特以為她對自己無動於衷，甚至深惡痛絕。

知道他[39]是怎麼想的！

多杭特　那麼，妳真的討厭我，不僅現在不愛我，將來也不
　　　　會愛我嗎？

席勒薇雅　當然！

多杭特　當然？我真的那麼可怕嗎？

席勒薇雅　這倒沒有，問題並不在此。

多杭特　那麼，親愛的麗芷特，對我說千百次妳永遠不會愛
　　　　我吧！

席勒薇雅　噢！我已經說得夠明白了，相信我吧！

多杭特　妳得說服我，讓我對這份危險的激情徹底絕望，救
　　　　我脫離可怕的後果[40]。說妳討厭我，現在不愛我，
　　　　將來也不會愛我，讓我死了這條心吧！我真心誠意
　　　　懇求妳，我無法自拔，需要妳的幫助，救救我吧！
　　　　我這就跪下求妳。（於是他跪下，此刻奧勒岡老爺和
　　　　馬里歐進場，兩人默不作聲。）

席勒薇雅　啊！果然不出我所料，我的遭遇就差這個情節。我
　　　　真是愁苦不已！他這樣的舉動，全是我縱容的結
　　　　果。布禾奇農，隨時會有人進來，我求你快起來吧！
　　　　你要我說什麼、做什麼，我都願意。我一點也不討
　　　　厭你，快起來！我不討厭你，如果我能，我會愛你
　　　　的[41]。這番話應該夠了吧！

39　席勒薇雅這句話是對自己說的。

40　參見第一幕第七場注釋45。

41　多杭特突如其來的下跪，令席勒薇雅不知所措，驚慌、情急之下，她

多杭特	什麼？麗芷特，妳是說，如果我不是現在的我，如果我腰纏萬貫，家世顯赫，並且愛妳如一，妳絲毫不會厭棄我嗎？
席勒薇雅	千真萬確。
多杭特	妳不會厭惡我？妳能夠忍受我？[42]
席勒薇雅	我甘心樂意，你快起來吧！
多杭特	妳不像在開玩笑，果真如此，我便要喪失理智了[43]。
席勒薇雅	你要我說什麼，我都說了，可是你仍然不肯起身。

　　終於脫口說出心裡的話。

42　多杭特仍然以為席勒薇雅並不喜歡他，對自己毫無信心。

43　由於雙重喬裝身份的關係，這句話在兩人的理解裡不盡相同。對席勒薇雅而言，多杭特欣喜若狂，是因為得知千金小姐席勒薇雅並不嫌棄他；而多杭特此刻複雜的心情，只有觀眾和讀者能夠體會：當多杭特確定席勒薇雅的對他的心意以後，接下來就是要面臨情感與理智的交戰 ─ 也就是無視席勒薇雅的身分地位、不顧家人的反對和社會的偏見，娶席勒薇雅為妻。

【第十場】

人物　　　　奧何岡老爺、馬里歐、席勒薇雅、多杭特

奧何岡老爺（走近）很抱歉打斷你們談話[44]。孩子們，你們相處甚歡嘛，加油啊！

席勒薇雅　老爺，我不夠威嚴，無法叫這男孩起身。

奧何岡老爺　你們兩人真是絕配。但是，麗芷特，我有話對妳說。等我們走了以後，你們再繼續談。布禾奇農，這樣好嗎？

多杭特　　我先告退了，老爺。

奧何岡老爺　去吧！以後談及你家公子，可要婉轉點兒。

多杭特　　您說的是我嗎，老爺？

馬里歐　　就是你，布禾奇農先生[45]，聽說你不怎麼把你家公子放在眼裡嘛！

44　在前一場多杭特和席勒薇雅幾乎就要互相坦承真實身分，奧何岡老爺和馬里歐的出現似乎有點煞風景，但事實上，此時這兩個電燈泡的干擾有其必要性：若兩人在一時激動之下坦承身分並互許終身，他們的結合將無任何特殊之處，而這齣戲也可以提前結束；反之，若多杭特在不明白真相的情況下，願意為愛情犧牲理智上的考量，娶「女僕」席勒薇雅為妻，更能證明他的愛和真誠。此外，當初席勒薇雅以喬裝身分認識未婚夫的為人，同時驗證自己魅力、滿足虛榮心的雙重目的也可望達成。

45　"mons Bourguignon"，參見第一幕第六場注釋31。

多杭特　　我不明白這話的意思。

奧何岡老爺 再見！你走吧！下次再聽你解釋。

【第十一場】

人物　　　　席勒薇雅、奧何岡老爺、馬里歐

奧何岡老爺 席勒薇雅，妳看起來十分尷尬，不敢正視我們。

席勒薇雅 我？父親，感謝上天保佑，我的心平靜如往常，何來尷尬？很抱歉，是您想多了。

馬里歐 妹妹，我說一定有什麼事，妳心裡一定有事。

席勒薇雅 太好了[46]！哥哥，那是你自己心裡有事。至於我，什麼事也沒有，只是對你的話感到驚訝而已。

奧何岡老爺 妳對那主人深惡痛絕，就是為了剛剛走出去的男孩嗎？[47]

席勒薇雅 您說的是誰？多杭特的僕役嗎？

奧何岡老爺 是啊！就是那個愛獻殷勤的布禾奇農。

席勒薇雅 我倒不知道他是這樣的人。不過，這愛獻殷勤的布禾奇農從未向我提及他的主人。

奧何岡老爺 可是，聽說他在妳面前詆毀多杭特，我想談的就是這件事。

46　這是諷刺的說法。

47　在這一場裡，奧何岡老爺和馬里歐扮演「導戲者」的角色，他們一再指責多杭特的不是，企圖逼使席勒薇雅為他辯護，並向自己和他人承認她對多杭特那隱而未現的情意。

席勒薇雅	父親，沒什麼好談的，是多杭特本人讓我心生厭惡，並非他人從中作梗。

席勒薇雅 父親，沒什麼好談的，是多杭特本人讓我心生厭惡，並非他人從中作梗。

馬里歐 妹妹，別狡辯了，妳不可能平白無故對他深惡痛絕，一定有人煽風點火。

席勒薇雅 （激動貌）哥哥，你語帶玄機，你倒說說看，這煽風點火的人是誰？

馬里歐 妹妹，看妳氣急敗壞的模樣，妳到底怎麼啦？

席勒薇雅 我厭倦扮演女僕的角色，若非唯恐激怒父親，我早已表明真實身分了。

奧何岡老爺 女兒，千萬不可以，我就是要叮嚀妳此事。妳聽信讒言，對多杭特產生反感。但是，既然我當初迎合妳的意思，允許妳先隱瞞身分，請妳現在也順著我的意思，暫時拋開個人對多杭特的偏見，再看看妳的判斷是否正確。

席勒薇雅 父親，您根本沒聽我說話，我說過，沒有人從中挑撥離間。

馬里歐 什麼？妳厭惡多杭特，不都是為了剛剛走出去那饒舌小子嗎？

席勒薇雅 （激動貌）你的話令人火冒三丈[48]！我受人挑撥而厭惡多杭特？厭惡？你們的話真是莫名其妙，令人百

48　席勒薇雅發怒的原因有三：一是她不忍多杭特無端受責難；二是她擔心奧何岡老爺強迫她嫁給她所厭惡的「假多杭特」；而最讓她難以釋懷的，就是她的父親和哥哥都看出她對僕役多杭特有好感，令她的自尊心和虛榮心嚴重受損。

思不解，難以置信：我看起來十分尷尬、我心裡有事、然後又說我爲了愛獻殷勤的布禾奇農而對多杭特深惡痛絕！任憑你們怎麼說，我什麼也聽不懂。

馬里歐　這一次，莫名其妙的人是妳。誰犯著妳了？爲什麼草木皆兵？妳對我們到底有何猜疑？

席勒薇雅　哥哥，耐心點吧！爲什麼你今天講話，非得語不驚人死不休？我哪來的猜疑？你這是幻覺嗎？

奧何岡老爺　我也覺得妳情緒激動，不像平常的妳。麗芷特顯然也是因此而對我們說了那些話，她怪罪這僕役沒有鼎力爲主人美言，她還說：「小姐大發雷霆，爲他辯護，我到現在仍然驚訝不已呢！」這些僕人說話從來不考慮後果，爲了這「驚訝不已」一詞，我們還罵了她。

席勒薇雅　這放肆的蠢丫頭，真是可惡！我承認，出於正義感，我的確生氣地爲這男孩辯護。

馬里歐　這樣做沒什麼不妥啊！

席勒薇雅　事情再單純不過了。我基於正義感，不願意任何人受傷害，就被認定情緒激動；爲避免一個僕人遭惡言中傷，導致他的主人誤解，我替他辯護，別人就說我大發雷霆，因而吃驚不已；接著，一個不懷好意的丫頭說了一些後果嚴重的話，我就得發脾氣、表態反對她、命令她住嘴嗎？表態？難道我需要你們來護著我，替我辯白？難道別人可以任意曲解我的行爲嗎？我現在心亂如麻，求求你們告訴我該怎

麼做？事態嚴重嗎？我哪裡做錯了？是否有人在欺
騙我或愚弄我？

奧何岡老爺 別激動。

席勒薇雅 不！父親，我無法不激動。什麼？驚訝不已？後果
嚴重？你們倒說說看，這些話是什麼意思？你們怪
罪這個僕役，你們錯了，你們全錯了。他是無辜的，
是麗芷特瘋了，事情就這麼解決，我不明白還有什
麼好談的？真是叫人怒不可遏！

奧何岡老爺 女兒啊！妳恨不得也找我吵架理論，只不過是勉強
自我克制而已。我有個好辦法：既然問題就出在這
僕役一人，請多杭特把他趕走好了。

席勒薇雅 隱瞞身分這件事真是害人不淺！叫麗芷特千萬別靠
近我，她比多杭特更可恨。

奧何岡老爺 妳可以找她理論。另外，那男孩喜歡妳，必定造成
妳的困擾，還好他就要離去，我想妳一定對此感到
高興。

席勒薇雅 我對他沒什麼好抱怨的。他真以為我是丫鬟，因此
講話時也把我當丫鬟對待，但是我處理得當，沒讓
他隨心所欲地講。[49]

馬里歐 妳並非如妳所說，真能完全掌控場面吧！

奧何岡老爺 是啊！儘管妳百般勸阻，他還不是跪在妳的腳前？

---

49 無論多杭特是被趕走或是自動離去，都非席勒薇雅所樂見；但她無法
顯露自己失望的情緒，更不能直接反對，因此拐彎抹角，間接為多杭
特辯護，試圖挽留他。

為了叫他起身，妳不是被迫說妳並不討厭他嗎？

席勒薇雅　（私下說）我快受不了了！

馬里歐　　不僅如此，當他問妳將來可不可能愛他的時候，妳
　　　　　還得溫柔地說甘心樂意，否則，他可能繼續跪著不
　　　　　肯起身呢！

席勒薇雅　哥哥，多謝你的說明！但是我不喜歡他的行為，也
　　　　　不喜歡你再次提起。說到這裡，我們言歸正傳：這
　　　　　場針對我的鬧劇[50]，到底什麼時候可以結束？

奧何岡老爺　女兒，我只要求妳，充分清楚自己的作為以後，再
　　　　　拒絕多杭特。多等待一些時候，我保證妳會因此感
　　　　　謝我。

馬里歐　　我預言妳會嫁給多杭特，而且是兩情相悅……[51]。
　　　　　此外，父親，我想替那僕役求情。

席勒薇雅　為什麼要替他求情？我要他離開這裡[52]。

奧何岡老爺　由他的主人決定吧！我們走。

50　"comédie"「鬧劇」（或作「喜劇」），在此有雙重涵義：對席勒薇雅而
　　言，她不希望父親和哥哥繼續堅持她和阿樂甘的婚事，更不願意他們
　　再拿僕役多杭特和她開玩笑，傷害她的自尊，因此央求結束這場喬裝
　　身分的鬧劇；但對兩位「導戲者」和觀眾而言，這場「鬧劇」卻是男
　　女主角在不知情的情況下，由自己所扮演的一場「戲中戲」。

51　「導戲者」馬里歐故意以此再次激怒席勒薇雅。他口中的多杭特，指
　　的當然是真正的多杭特，而非「僕役」的多杭特，但是只有奧何岡老
　　爺和觀眾能體會這話的雙重涵意，共同以席勒薇雅的慌張為樂（參見導
　　讀〈愛中的徬徨與愛的驚喜〉頁xi-xii）。

52　在這場戲裡，導戲者奧何岡老爺和馬里歐想盡辦法激怒席勒薇雅。他
　　們攻擊多杭特，落入陷阱的席勒薇雅不得不替他辯護，最後她終於被
　　逼到死角，偽裝毫不在意多杭特的去留，設法讓自己脫身。

馬里歐　　妹妹，再見！別生氣呀！

【第十二場】

人物　　　　席勒薇雅(獨自一人)、多杭特(片刻後進場)

席勒薇雅　啊！我真是心如刀割！我已經不知所措，爲什麼還有這些事來攪和？這件事令人痛苦不堪，我懷疑所有的人，我對他們非常不滿，甚至生自己的氣。

多杭特　啊！麗芷特，我正在找妳。[53]

席勒薇雅　找到也沒用，因爲我在躲你。

多杭特　(阻止她離去)麗芷特，別走！這是我最後一次和妳說話，事情非同小可，和妳家主人有關。

席勒薇雅　你找他們說吧！每次見到你，都令我黯然神傷，別再來煩我了。

多杭特　對我也是一樣。但是請先聽我說，聽我說完，事情將會改觀。

席勒薇雅　好吧！既然我注定要對你無限寬容，你就說吧！我洗耳恭聽。[54]

多杭特　妳答應保守秘密嗎？

53　多杭特打算表明身分，並揭穿阿樂甘是誰，以免奧何岡老爺受騙，把女兒嫁給阿樂甘。他已打定主意離去，因此比前幾次的表現從容鎮定許多。

54　席勒薇雅儘管推託再三，最後仍然同意和多杭特談話，事實上，她愛著多杭特，不會輕易拒絕和他獨處的機會。

席勒薇雅	我從未背叛任何人。
多杭特	我敬重妳，因此才向妳透露此事。
席勒薇雅	我相信你。不過，如果你敬重我，就別囉哩囉嗦，令人懷疑你只是想找藉口接近我。
多杭特	麗芷特，妳錯怪我了，既然妳答應保守秘密，我就說了：我情不自禁愛上妳，因此情緒激動不已。
席勒薇雅	又來了！我以後不會再聽你說話了，再見！
多杭特	別走！現在跟妳講話的人，不是布禾奇農。
席勒薇雅	那麼你是誰？
多杭特	啊！麗芷特，妳聽我說，就會明白我內心所受的煎熬了。
席勒薇雅	我在跟你說話，不是在跟你的內心說話。
多杭特	沒有人來吧？
席勒薇雅	沒有。
多杭特	我被情況所逼，必須告訴妳實情，我是正人君子，不得不這麼做。
席勒薇雅	然後呢？
多杭特	現在和妳家小姐在一起的，並非你們所以為的人。
席勒薇雅	（激動貌）那麼他是誰？
多杭特	他是個僕役。
席勒薇雅	然後呢？
多杭特	我才是多杭特。

席勒薇雅	（私下説）我總算明白我的心情了[55]。
多杭特	我希望在迎娶妳家小姐之前，先了解她，因此偽裝身分。出發時，我已取得父親的許可，孰料結果竟像一場夢：我厭惡預定迎娶的女主人，卻對那本應把我當新主人的丫鬟情有獨鍾。我該怎麼辦？妳家小姐品味低劣，竟然愛上我的僕人，而且，如果旁人不加阻止，她就會嫁給他。說到這裡，我不禁為她感到難為情。我該怎麼辦？
席勒薇雅	（私下説）暫時別說我是誰[56]……（高聲説）您[57]的情況的確很特別。公子，首先，我為先前任何冒犯之處，向您道歉。
多杭特	（激動貌）別說了，麗芷特。妳的抱歉徒增我的憂傷，

55　多杭特小心翼翼，大費周章才肯説出真相，卻讓席勒薇雅誤以為他又是找藉口來談情説愛。這拖延、懸疑的過程，對席勒薇雅是煎熬，但是了解真相、冷眼旁觀的觀眾，卻從中獲得不少樂趣，這是馬里伏喜劇殘忍之處。（參見導讀〈愛中的徬徨與愛的驚喜〉頁 xi-xii。）

56　席勒薇雅自己好不容易明白真相、擺脱心中各種矛盾和煎熬，卻沒有立刻向多杭特坦承自己的身分，解除他的焦慮和痛苦。原本希望趕快恢復真實身分的她，現在卻準備為多杭特安排另外一場戲中戲，讓多杭特繼續以為她是女僕，最後無視懸殊的身分地位和家人的反對，決定娶她為妻。席勒薇雅的目的不再只是了解多杭特的為人、留下他並且嫁給他；同樣是嫁給多杭特，她希望多杭特在以為她是女僕的情況下決定娶她，而非是在明白她是門當户對的千金小姐後才採取行動。席勒薇雅為了滿足個人虛榮，忍心看多杭特受苦，這是馬里伏喜劇殘忍之處的又一例子。（參見導讀〈愛中的徬徨與愛的驚喜〉，頁 xi-xii。）

57　席勒薇雅一得知多杭特的真實身分後，立刻改口稱他為「您」。她不再擺出先前千金小姐的高傲態度，反而低聲下氣強調自己的卑微。事實上，為了達成她的目的（讓多杭特無視她的女僕身分而娶她），從現在開始，她才真正開始貼切地扮演女僕的角色。

令我想起彼此懸殊的身分地位而痛不欲生。

席勒薇雅 您對我的情意是認真的嗎？您真的那麼愛我嗎？

多杭特 我對妳情深意濃，因為無法與妳結合，我願意放棄任何親事。在這樣的情況下，我唯一的安慰，就是知道妳並不討厭我。

席勒薇雅 我的身分卑微，您仍然選擇了我，這樣的人，當然值得我愛。若不是我們的結合有損於您，我會欣然以身相許。

多杭特 麗芷特，妳不單是花容月貌，現在這番話，更顯現出妳的至德高行[58]。

席勒薇雅 我聽到有人來了。關於您那僕役的事，您先別著急，事情不會進展得那麼快，我們還會見面，到時候再設法替您脫身。

多杭特 我遵照妳的建議。（他離去）

席勒薇雅 還好他是多杭特，我可以放心了[59]！

58　但是多杭特被騙了，只有觀眾才能看出席勒薇雅的虛偽和殘酷。

59　多杭特早已承認並接受他愛上女僕席勒薇雅的事實，但席勒薇雅卻在得知多杭特的真正身分以後，才肯向自己坦白對多杭特的心意。兩人當中，多杭特最早撇棄階級偏見，無視席勒薇雅的身分愛著她，而席勒薇雅卻是自始自終在乎多杭特的身分。

【第十三場】

人物　　　席勒薇雅、馬里歐

馬里歐　妹妹，我們離去時，妳看似憂心忡忡，我於心不忍，所以回頭找妳，想爲妳排憂解難。妳聽我說。

席勒薇雅　（激動貌）是啊！哥哥，還有其他的事呢！

馬里歐　什麼事？

席勒薇雅　哥哥，他根本不是布禾奇農，他是多杭特啊！

馬里歐　妳說的是哪一個呀？

席勒薇雅　是他呀！我剛剛才知道的。他剛離開，是他親口告訴我的。

馬里歐　誰呀？

席勒薇雅　你還沒聽懂嗎？

馬里歐　如果我聽懂什麼，就可以去死了。

席勒薇雅　跟我來，我們離開這裡，去找父親，我必須讓他知道這件事。哥哥，我也需要你，我有新的主意[60]，你得假裝愛我，你先前已經開過類似的玩笑了。不過，請你千萬保守秘密……

60　多杭特雖然早已撇棄偏見，死心踏地愛著席勒薇雅，並願意為她放棄任何親事（見第二幕第十二場），席勒薇雅卻不滿足。她要的是一個徹底、光榮的勝利，即多杭特願意娶她——一個女僕為妻。

馬里歐　　喔！保守祕密絕對沒有問題，因為我根本莫名其
　　　　　　妙。

席勒薇雅　哥哥，我們走吧！跟我來，別浪費時間，這件事絕
　　　　　　無僅有。

馬里歐　　求上天保佑她，不要胡言亂語[61]。

61　馬里歐並不知道多杭特已向席勒薇雅揭露身分，因此沒有進入狀況。

第三幕

【第一場】

人物	多杭特、阿樂甘[1]
阿樂甘	呀！公子啊，德高望重的主人，求求您……
多杭特	你又來了[2]？
阿樂甘	我鴻運當頭，求您大發慈悲，別當掃把星，斷了我的生路啊！
多杭特	得了吧！你這混蛋，根本不把我放在眼裡，我應該

---

1 阿樂甘是典型的義大利喜劇人物，他在戲裡的喜劇任務遠大於劇情上的任務，因此，相較於其他角色，作者較不強調阿樂甘對事理反應的似真性與寫實性，他在這一場的表現也以喜劇成分居多。

2 由此可見，阿樂甘先前已經要求過多杭特給他機會，請多杭特不要匆忙離去，也不要揭露他的身分。

賞你一百棍。

阿樂甘　如果我罪有應得，我並不拒絕這一百棍。只是，請
您打完以後，給我一點別的好處。我這就去拿棍子[3]
來嗎？

多杭特　無賴！

阿樂甘　就算我是無賴吧！不過，無賴也可以作發財夢啊！

多杭特　混蛋！你真是異想天開。

阿樂甘　混蛋[4]也無妨，滿適合我的，反正已經是無賴了，被
稱做混蛋也沒什麼好丟臉的。不過，混蛋還是可以
娶房好媳婦啊！

多杭特　什麼？你這膽大妄為的傢伙！你以為我會任你冒用
我的名字，欺騙一個正人君子，娶他的女兒為妻？
你給我聽好，如果你膽敢再提起這件事，等我向奧
何岡大人揭穿你的身分以後，就把你趕走。聽到了
沒有？

阿樂甘　咱們打個商量吧！這位小姐痴心迷戀我，對我一往
情深。如果我透露身分，溫柔的她仍然對我們的婚
禮津津有味[5]，您還是不准我們演奏小提琴[6]嗎？

3　參見《雙重背叛》第一幕第九場注釋52。

4　"coquin"，罵人厚顏無恥、行為卑鄙，可譯作「無賴」、「流氓」或「混
蛋」。"coquin"和另一個同義字"faquin"的最後一個音節和阿樂甘
"Arlequin"發音一樣，因此經常是別人用來罵阿樂甘的詞語。（參見第
一幕第五場注釋25。）

5　參見《雙重背叛》第一幕第四場注釋40。

6　也就是說，在婚禮上演奏小提琴助興。

多杭特	一旦他們知道你是誰，我就不再插手此事。
阿樂甘	好，我這就去找這位寬大為懷的小姐，告訴她我平常的裝扮[7]，希望她不會為了一條彩帶[8]和我鬧翻。在命運的安排下，我本來只有在酒席旁邊站崗的份兒，但願她的愛能夠讓我坐到桌邊來[9]。

7　"habit de caractère"本是人們在戲劇裡或參加嘉年華會時，為了扮演某個特有的傳統角色（caractère）（如「阿樂甘」）而有的裝扮；阿樂甘在此幽默又諷刺地使用這個詞語，指的是他平常穿的僕役制服。

8　參見《雙重背叛》第一幕第九場注釋51。阿樂甘所說的「彩帶」，指的是制服上的彩色飾帶。

9　僕役只能站在酒席旁伺候主人吃喝，阿樂甘仍然以為麗芷特是千金小姐，所以奢望自己一旦娶了麗芷特，升格為主人以後，也能入席進餐。

【第二場】

人物　　　多杭特（單獨一人）、馬里歐[10]（接著進場）

多杭特　　我的遭遇以及這裡發生的每一件事，都令人難以置信……我仍然希望見到麗芷特，她答應我去求見她家小姐，設法替我解危，不知結果如何。我這就去看看能否單獨見到她。

馬里歐　　布禾奇農，等一下，我有話跟您[11]說。

多杭特　　公子，有什麼事需要我為您效勞嗎？

馬里歐　　您是否對麗芷特花言巧語？

10　在第二幕第十三場，當席勒薇雅得知多杭特的眞實身分後，曾經要求馬里歐幫她忙，在多杭特面前假裝他愛席勒薇雅。馬里歐現在正是受席勒薇雅之託，前來演出另一場「戲中戲」。除了扮演多杭特的情敵外，他也再次負起「導戲者」的任務：他故意戲弄、侮辱多杭特，對他態度高傲，言詞輕蔑，並殘忍的以看多杭特受苦為樂，目的是要激起多杭特的忌妒心，迫使他採取行動，決定無視席勒薇雅的身分娶她為妻。

11　在原文裡，馬里歐從這裡開始，到「你聰明機靈」之前，特別稱多杭特「您」。他似乎故意以此引誘多杭特上勾：平時貴族間以「您」相稱的客套，讓多杭特不知不覺忘了偽裝的身分，幾乎以為自己是和馬里歐同屬貴族、可以平起平坐、公平競爭的情敵。因此他和馬里歐講話時針鋒相對，甚至帶著挑釁的味道，以致後來馬里歐故意諷刺他，說他講話矯柔造作，跟上流社會人仕沒什麼兩樣。這時多杭特才意識到自己可能露出馬腳，趕緊轉移話題，問馬里歐前來找他有什麼事。

多杭特	她是個人見人愛的女孩，我情不自禁對她談情說愛。
馬里歐	她的反應如何？
多杭特	她一笑置之，公子。
馬里歐	你聰明機伶，該不會騙我吧？
多杭特	我說的是實話。不過，這關您什麼事？即使麗芷特鍾情於我……
馬里歐	鍾情於你？你這話是哪兒學來的？以你這樣的身分，說起話來倒是非常矯揉造作啊！
多杭特	公子，我說話向來如此。
馬里歐	你大概就是模仿我們上流社會，說話裝模作樣，勾引麗芷特的吧！
多杭特	公子，我保證沒有模仿任何人。您不會專程前來取笑我，大概有什麼事想對我說吧？我們剛才談到麗芷特、我對她的愛慕之情，還有您對此事的關切。
馬里歐	該死！怎麼，你現在回話已經語帶嫉妒啦？收斂點吧！剛才你說，即使麗芷特鍾情於你……，然後呢？
多杭特	即使麗芷特鍾情於我，又關您什麼事？
馬里歐	關我什麼事？我這就告訴你吧！雖然我剛才像在開玩笑，但是如果她真的喜歡你，我可是會勃然大怒。不管你有什麼理由，我不准你再和她說話。她心高氣傲，我倒不擔心她會愛上你，只是，我不容區區一個布禾奇農成為我的情敵。
多杭特	是啊！我相信您，因為，即使我是區區一個布禾奇

農，也不希望有您這樣的情敵。

馬里歐　事情由不得你。

多杭特　是由不得我。公子，這麼說來，您對她一往情深囉？

馬里歐　是啊！我愛她愛到願意考慮和她論及婚嫁[12]。你明白這話的意思嗎？

多杭特　是的，我想我明白。既然如此，她對您也以柔情相待囉？

馬里歐　你說呢？難道我不值得嗎？

多杭特　您該不會等待情敵來讚美您吧？

馬里歐　這回答合乎常理，所以我原諒你。雖然這件事有損我的自尊，但是我必須承認，麗芷特並不愛我。正如你所料，我並非故意說出來讓你知情，只是實話實說而已[13]。

多杭特　公子，您的話令人驚訝。這麼說，麗芷特對您的用心並不知情囉？

馬里歐　麗芷特非常清楚我的心意，但是不為所動，我希望她的理智終究能夠戰勝感情[14]。再見，你走吧！別

12　馬里歐的計畫將使多杭特更加忌妒，並引起多杭特的不安，促使他也採取行動——若馬里歐為了席勒薇雅，不惜撇棄階級偏見，多杭特在這樣的刺激之下，應該也會為了席勒薇雅不顧一切。

13　事實上，馬里歐這麼說有其目的：他先前謊稱考慮和席勒薇雅論及婚嫁的計畫，可能會阻礙多杭特追求席勒薇雅，令多杭特更加裹足不前；反之，如果他聲稱自己的愛並未得到席勒薇雅的回應，就是留給多杭特一個機會，對多杭特而言是一大鼓勵。

14　席勒薇雅對馬里歐的情意無動於衷，馬里歐希望席勒薇雅的理智能夠戰勝感情，考慮到他的財富和社會地位而嫁給他。

再說些什麼！她無視我所提供的一切[15]，對我不理不睬，因此，你雖然必須把她讓給我，至少可以稍感安慰……你只是個僕役，本來就非我的對手，不可能奢望佔上風的。

15　馬里歐在此向多杭特暗示席勒薇雅高貴、不受利誘的心，讓多杭特更加肯定自己對席勒薇雅的正面判斷。

【第三場】

人物　　　席勒薇雅、多杭特、馬里歐

馬里歐　　啊！麗芷特，妳來了！

席勒薇雅　公子，您神情激動，到底怎麼了？

馬里歐　　什麼，我正在和布禾奇農說話。

席勒薇雅　他愁眉苦臉，是不是您罵了他？

多杭特　　麗芷特，公子說他愛您。

席勒薇雅　這並非我的錯。

多杭特　　而且他不准我愛您。

席勒薇雅　那麼他是不准我討您喜愛囉！

馬里歐　　美麗的麗芷特，我無法阻止他愛妳，但是我不准他
　　　　　　向妳表明心意。

席勒薇雅　他現在不再表明心意了，而是不斷重複說他愛我。

馬里歐　　以後，至少我在場時，他不會再說了。布禾奇農，
　　　　　　你走吧！

多杭特　　她叫我走，我才肯走。

馬里歐　　你又來了嗎？

席勒薇雅　既然他等我開口才肯走，您就稍安勿躁吧！

多杭特　　您對公子心存愛慕之意嗎？

席勒薇雅　什麼？愛情嗎？噢！用不著別人禁止，我也不會愛

他[16]。

多杭特　您不會騙我吧？

馬里歐　你簡直把我當小丑，快給我出去！你自以爲是誰？

多杭特　我不過是區區一個布禾奇農罷了。

馬里歐　那麼這布禾奇農就給我滾吧！

多杭特　（私下說）我真是苦不堪言。

席勒薇雅　既然他生氣了，您就讓步吧！[17]

多杭特　（低聲對席勒薇雅說）也許您也求之不得？

馬里歐　好了，快給我滾！

多杭特　麗芷特，您從未跟我說過您愛他啊！

16　這話一語雙關，在多杭特、馬里歐和觀眾聽來，各自有不同的解讀。
　　表面上，席勒薇雅像在安慰多杭特，向他保證自己並不喜歡馬里歐；
　　但對馬里歐和觀眾而言，席勒薇雅說的的確是眞話：用不著別人禁止，
　　她也不會愛上自己的哥哥。

17　席勒薇雅的做法可說是有點殘酷：她勸多杭特先讓步離開，分明會讓
　　多杭特起疑，認爲席勒薇雅喜歡馬里歐，所以護著他。其實這正是席
　　勒薇雅的目的，一方面，她不能讓多杭特以爲她喜歡馬里歐，以免多
　　杭特躊躇不前，甚至放棄追求她；但是她又必須讓多杭特存著不確定
　　感，以爲馬里歐是可能的情敵，在忌妒心的驅使下，放膽追求她。

【第四場】

人物　　　奧何岡老爺、馬里歐、席勒薇雅

席勒薇雅　如果我還不愛這男人，就是忘恩負義了。

馬里歐　（笑道）哈！哈！哈！哈！

奧何岡老爺　馬里歐，你笑什麼？

馬里歐　我笑多杭特被迫離開麗芷特[18]時，那副怒火中燒的模樣。

席勒薇雅　你們單獨談話時，他到底說了些什麼？

馬里歐　我從未見過一個比他更氣急敗壞、更不知所措的人了。

奧何岡老爺　他作繭自縛，受點教訓也好。此外，女兒啊！照情況看來，妳到目前為止為他所做的一切，必定會令他稱心快意，深感驕傲[19]。不過，我認為這樣已經夠了。

馬里歐　妹妹，他現在進展到什麼地步了？

席勒薇雅　唉！哥哥，我承認我應該感到心滿意足了。

馬里歐　「唉！哥哥！」您聽聽她口氣多麼愉悅平靜啊！

18　馬里歐說「麗芷特」而非「席勒薇雅」，是以多杭特的角度來看。

19　席勒薇雅費盡心思，除了要考驗多杭特對她的深情外，也是因為肯定多杭特，認為多杭特值得她這麼做。

奧何岡老爺　什麼？女兒，難道妳奢望他不顧妳的身分，向妳求
　　　　　　婚？

席勒薇雅　　是的，親愛的父親，我的確這麼希望。

馬里歐　　　「親愛的父親！」妳這狡猾的女孩！現在總算懂得
　　　　　　甜言蜜語，不再罵我們啦！

席勒薇雅　　你就是不肯饒我。

馬里歐　　　啊！啊！這叫做以其人之道還治其人之身啊！剛才
　　　　　　我講話，妳屢次找我麻煩，現在輪我開妳玩笑了。
　　　　　　妳方才心急如焚，現在眉開眼笑，兩者一樣逗人開
　　　　　　心。

奧何岡老爺　女兒，只要妳高興，我什麼都同意，妳可以對我毫
　　　　　　無怨言了。

席勒薇雅　　啊！父親大人，女兒感激不盡！多杭特即將娶我為
　　　　　　妻，他與我注定彼此相屬。他今天為我所做所為，
　　　　　　我銘感於心；他的柔情蜜意，我永誌難忘。我們的
　　　　　　結合將因此成為美談，今後每當憶及此事，我們會
　　　　　　更加鶼鰈情深。您任我為所欲為，成就了我們終身
　　　　　　的幸福。這婚姻將是獨一無二，這樣的故事感人肺
　　　　　　腑，這是絕無僅有、幸福美滿的姻緣……。

馬里歐　　　啊！啊！啊！妹妹，妳現在總算寬心，可以叨叨絮
　　　　　　絮、口若懸河了！

奧何岡老爺　若結局果真如妳所願，的確值得妳歡天喜地。

席勒薇雅　　事情即將成就，多杭特已經降服，就要成為我的俘
　　　　　　虜。

馬里歐 他絕對料想不到，這愛情桎梏竟然如此金碧輝煌。我想，他現在一定愁眉不展、心如刀割，真是令人同情。

席勒薇雅 他以為娶我為妻，勢必傷透他父親的心，也將有辱家門和財富，所以得先克服這些重大顧忌，才能下定決心。看他這樣付出代價，我的情意將會更深更濃，倘若能贏得他的心，我會心喜若狂。然而，我要的是一場愛情與理智間的鏖戰，我要主動出擊得勝，而非等他乖乖就範。

馬里歐 妳要讓他的理智一敗塗地？

奧何岡老爺 也就是說，妳要他意識到做這傻事的後果。妳的虛榮心真是貪得無厭啊！

馬里歐 這一點也不稀奇，這就是所謂女人的虛榮心啊！

【第五場】

人物　　　　奧何岡老爺、席勒薇雅、馬里歐、麗芷特

奧何岡老爺　別吵了，麗芷特來了，看看她有什麼事。

麗芷特　　老爺，您先前答應把多杭特交給我，由我全權處理他的腦袋，我把您的話當真，當作自己的事在盡力，您可以從成果判斷。現在，他已經被我調教得服服貼貼，接下來該怎麼處置他？小姐願意把他讓給我嗎？

奧何岡老爺　女兒，我再問一次，妳沒有任何要求嗎？

席勒薇雅　　沒有，麗芷特，我把他交給妳，所有的權利也讓給妳。正如妳所說，多杭特是妳調教出來的，我不會與妳分享。

麗芷特　　什麼？您願意讓我嫁給他？老爺也同意嗎？

奧何岡老爺　是的，只要他願意就行！他為什麼喜歡妳[20]？

馬里歐　　我也贊同。

20　奧何岡老爺故意問麗芷特這個問題，提醒她思考富家公子「多杭特」會看上她這卑微的女僕的原因；但是麗芷特不敢面對事實，也不願面對自己，所以她逃避這個問題，沒有回答。因此，奧何岡老爺隨後便提出條件，要她向「多杭特」（也就是阿樂甘）透露真實身分後，才肯同意他們的婚事。

麗芷特　　　我也是，謝謝您們。

奧何岡老爺　等等！我還有一個小條件：為了避免他事後怪罪我們，妳必須稍微向他透露妳是誰。

麗芷特　　　可是，如果我稍微透露什麼，他就全盤皆知了。

奧何岡老爺　他被調教得服服貼貼，怎會承受不了這樣的打擊呢？依他的個性，應該不致因此而受驚嚇退縮吧！

麗芷特　　　他來找我了。事關我的傑作，請你們行行好，放手任我自由行事吧！[21]

奧何岡老爺　妳說得對，我們走吧！

席勒薇雅　　非常樂意。

馬里歐　　　走吧！

21　面對奧何岡老爺的挑戰，麗芷特準備使出渾身解數，背水一戰。即使身分地位卑下，她也有她的女性虛榮，對自己的魅力抱著希望。

【第六場】[22]

人物　　麗芷特、阿樂甘

阿樂甘　　我的王后，我飽受思念之苦，以為您在迴避我，現
　　　　　在終於重逢，我再也不肯離開您了。

麗芷特　　公子，我必須承認，您的懷疑並非完全沒有道理。

阿樂甘　　怎麼？我親愛的靈魂、我的心肝寶貝，您這是想置
　　　　　我於死地嗎？

麗芷特　　不會，親愛的，您的生命對我價值連城啊[23]！

阿樂甘　　啊！這句話真是振奮人心。

麗芷特　　我對您一往情深，您不該懷疑啊！

阿樂甘　　我很想親親這句話，親口從您的櫻桃小嘴接下它

22　這一場和第二幕第十二場是相對應的兩場，分別是主僕兩對情人嘗試
　　向對方坦承身分，但又有所顧忌，吞吞吐吐的過程。這一場的滑稽之
　　處，在於阿樂甘和麗芷特模仿主人優雅的談情說愛方式，而這樣的嬌
　　柔造作，出現在充滿鄉土味、平時粗俗、天真、率直的阿樂甘口中，
　　更是喜劇味十足。此外，阿樂甘和麗芷特都不知道對方的真實身分，
　　他們以為對方是貴族，對自己的卑微坐立難安，低聲下氣地懇求對方
　　包容。這樣的場面，對兩人而言是折磨，但同時知道兩人真實身分的
　　觀眾卻能從中獲得不少樂趣，這是人稱馬里伏喜劇殘酷之處。

23　表面上，這是麗芷特恭維阿樂甘的說法；但觀眾都聽得出麗芷特話中
　　有話：窮困卑微的麗芷特以為阿樂甘是富家少爺，因此，若兩人能夠
　　成婚，阿樂甘所能帶給麗芷特的財富和地位，當然是價值連城。

們。

麗芷特 您一直迫不及待要娶我，而父親遲遲沒有同意我表
態。我剛才和他談過，得到他的應允，若您願意，
隨時可以向他提親[24]。

阿樂甘 我向令尊提親之前，容我先向您求婚[25]。我實在配
不上您，您願意下嫁給我，令我感激涕零。[26]

麗芷特 只要您願意娶我，我並不介意先把手借您一會兒
[27]。

---

24 「向他提親」"lui demander ma main"（直譯為「向他要我的手」）。從
麗芷特這一句話開始，兩人利用「重複對話者的台詞」技巧，圍繞著
法文「手」字（la main），玩弄文字遊戲。表面上，兩人看似在談情說
愛，圍繞著「手」字沒完沒了地打情罵俏；事實上卻是一個拖延戰術：
阿樂甘和麗芷特分別在多杭特（第三幕第一場）和奧何岡老爺（第三幕
第五場）的要求下，被迫要向對方坦承身分以後才可成婚；但是他們兩
人都害怕一旦對方知道自己的身分後，就不會再接受自己，這樣一來，
他們將失去幾乎到手的財富和地位。所以，在表面輕浮又輕鬆的對話
後面，隱藏的是兩人的猶豫與害怕。然而，觀眾卻能從中獲得不少樂
趣，這又是馬里伏喜劇殘酷之處的一例。

25 接續注釋24。"Avant que je la demande à lui, souffrez que je la demande à
vous."（我向令尊提親之前，容我先向您求婚。）"demander la main à qn"
是「向某人求婚（或提親）」，所以阿樂甘接續並重複麗芷特的話，玩
弄文字遊戲，他的話可直譯為「在我向令尊要您的手之前，容我先向
您要您的手。」也就是說，阿樂甘一語雙關，除了向麗芷特求婚外；
還想順帶吃吃豆腐，牽牽她的手。（參見《雙重背叛》第二幕第六場注
釋51及第一幕第一場注釋6。）

26 接續注釋24、25。原文為"je veux lui rendre mes grâces de la charité qu'elle
aura de vouloir bien entrer dans la mienne, qui en est véritablement
indigne."，直譯作「我實在配不上這隻玉手，它願意接納我的手，令
我感激涕零。」

27 接續注釋24、25和26。原文為"Je ne refuse pas de vous la prêter un moment,

阿樂甘	圓潤豐腴的親親小手，我絲毫不用討價還價，就這麼緊握住您[28]。我對您的厚愛受之無愧，卻對自己所能獻上的回報惶恐不安。
麗芷特	您的回報遠超過我所求所想。
阿樂甘	啊！您這就錯了，這道算術，您不會比我清楚。
麗芷特	對我而言，您的愛有如天降至寶。
阿樂甘	老天爺一毛不拔，這份禮物不致於令祂破產。
麗芷特	但是對我而言卻像稀世珍寶。
阿樂甘	那是因爲您沒有把它瞧個清楚。
麗芷特	您謙沖爲懷，令我坐立不安。
阿樂甘	您千萬別客氣，如果我還自以爲是，就是厚顏無恥了。
麗芷特	公子，您的柔情蜜意令我受寵若驚，難道我必須明說，您才肯相信嗎？
阿樂甘	哎呀！哎呀！我真是慚愧得無地自容啊！
麗芷特	公子，我再說一次，我有自知之明啊！
阿樂甘	我也有自知之明，我才疏學淺[29]，一旦您認識我，

à condition que vous la prendrez pour toujours." 直譯作「只要您以後永不鬆手，我不介意先把手借您一會兒。」席勒薇雅回應阿樂甘，也以一語雙關的方式回答。

28　接續注釋24-27。原文為 "je vous prends sans marchander"，阿樂甘又是一語雙關，他除了毫不猶豫地緊握住麗芷特的小手外，也同時表達「我絲毫不用討價還價，決定要娶您為妻。」

29　原文是 "je n'ai pas là une fameuse connaissance"，這是圍繞著 "connaissance" 一字所做的文字遊戲。"connaissance" 可解釋為「知識、學識」或「結識、結交的人」，因此這句話有兩種不同的解釋，一為

	恐怕也會和我一樣。您不知道我葫蘆裡賣什麼藥，等到您了解我以後，恐怕會氣得跳腳。
麗芷特	（私下說道）他這麼低聲下氣，實在不尋常。（高聲說道）您為何這麼說呢？
阿樂甘	這正是問題癥結所在[30]啊！
麗芷特	您又在賣關子了，令我心急如焚。您該不會是……
阿樂甘	哎呀！哎呀！被您揪出狐狸尾巴了。
麗芷特	我們來聽聽是怎麼一回事？
阿樂甘	（私下說道）我得先給她一點心理準備……（高聲說道）小姐，您的愛是不是身強力壯？它禁不禁得起操勞？我要把它安置在破舊的小窩裡，它怕不怕落個壞歸宿？
麗芷特	啊！別賣關子了。快說！您到底是誰？
阿樂甘	我是……您有沒有見過偽幣？您知不知道什麼是假的金路易[31]？我啊！我差不多就像個假的金路易。
麗芷特	說完啊！您到底叫什麼名字？
阿樂甘	我叫什麼名字？（低聲說）要告訴她我叫阿樂甘嗎？

「我才疏學淺」，一為「我所認識的人並不特別、沒什麼了不起」，阿樂甘藉此達到一語雙關的目的：在不清楚阿樂甘真實身分的麗芷特聽來，阿樂甘是謙虛地表示自己才疏學淺；然而身分卑微的阿樂甘卻在暗示自己交往的對象並非貴族仕紳。

30　"voilà où gît le lièvre."，這原來是一個造作、講究的詞句，出自阿樂甘口中，顯得特別滑稽。

31　"louis d'or"，古金幣名。

不好，這唸起來太像騙子[32]了。

麗芷特	快說啊！
阿樂甘	好吧！我只好勉爲其難。您討厭阿兵哥嗎？
麗芷特	阿兵哥？您指的是什麼？
阿樂甘	是啊！比方說，在候見室[33]站崗的阿兵哥啊！
麗芷特	在候見室站崗的阿兵哥？這麼說，現在跟我講話的人，不是多杭特？
阿樂甘	他就是我的長官。
麗芷特	無賴！
阿樂甘	(低聲說)我還是難逃這樣的諧音[34]。
麗芷特	好一隻尖嘴猴猻！
阿樂甘	(低聲說)我真是栽了好大的觔斗[35]。
麗芷特	一個小時以來，我還一直卑躬屈膝，大費周章地向這畜生求饒呢！
阿樂甘	唉呀！小姐，愛情和榮耀，如果您選擇的是愛情，那麼我給您的好處，絕對不會輸給富貴人家的公子。
麗芷特	(笑道)啊！啊！啊！說起榮耀，我便忍俊不禁[36]，

32　參見第三幕第一場注釋4。

33　"antichambre"：王宮貴族的套房("appartement"，參見第一幕第一場注釋12)入口設有一間讓訪客等候用的候見室。

34　參見注釋32。

35　阿樂甘從先前偽裝的富家少爺，且得到麗芷特友善對待，淪落到現在的僕役身分，並被指為無賴，的確是栽了好大的觔斗。

36　在此之前，麗芷特以為其魅力能迷倒多杭特公子，媲美富家千金，因

> 我別無選擇……算了，算了，我的榮耀禁得起考驗，
> 就原諒你[37]吧！

阿樂甘 是真的嗎？啊！慈悲心腸的小姐，我將來一定感恩
圖報，好好愛您。

麗芷特 阿樂甘[38]，你騙了我，現在我們做個了結：在公子
候見室站崗的阿兵哥，配上小姐的美髮師，倒真是
門當戶對啊！

阿樂甘 小姐的美髮師！

麗芷特 小姐是我的長官，或是別的同義詞。

阿樂甘 狡詐的女人！

麗芷特 報仇吧！

阿樂甘 好一隻母猴！我居然跟她瞎扯了一個小時，為自己
的貧窮慚愧得無地自容。

此為這樣的榮耀和勝利沾沾自喜，並向奧何岡老爺和馬里歐吹噓（見第
二幕第一場及第三幕第五場）；如今真相大白，她也只能為自己的天真
和失落苦笑一番。

37 麗芷特得知阿樂甘的真實身分以後，馬上改口稱他為「你」。雖然阿
樂甘令她大失所望，但她也有自知之明，知道自己不過是個女僕，因
此立刻和阿樂甘以僕役相待。

38 雖然多杭特和阿樂甘交換身分後，一直以「布禾奇農」（見第一幕第六
場）自稱；而在這一場中，阿樂甘在麗芷特追問之下（「您到底叫什麼
名字？」），一直支吾其詞，即使透露自己是「在候見室站崗的阿兵哥」，
也未曾說出真實名字，但麗芷特卻能立刻喊出他的名字「阿樂甘」。
讀者也許以為這是馬里伏的筆誤，事實上不然，因為當阿樂甘被麗芷
特指為「無賴」時，曾低聲表示自己難逃「阿樂甘（Arlequin）」和「無
賴（faquin）」這樣的諧音；當時麗芷特一定「聽到」而且「聽明白」了，
因此接著叫罵「好一隻尖嘴猴孫」。

麗芷特　　咱們言歸正傳，你愛不愛我？

阿樂甘　　當然愛囉！妳[39]的名字是變了，可是臉蛋沒變。妳知道，我們雖然彼此看走了眼[40]，卻已經立下海誓山盟[41]了。

麗芷特　　算了，還好事情並不嚴重，我們裝著若無其事，別讓他人看笑話。你的主人顯然還以為我家小姐是個丫鬟，我們什麼都別說，任由事情自然發展吧！他來了。公子，我是您的丫鬟，隨時為您效勞[42]。

阿樂甘　　小姐，而我是您的僕役，也隨時為您效勞[43]。（笑道）哈！哈！哈！

39　（接續注釋37）同樣地，阿樂甘得知麗芷特的真實身分後，也立刻改口稱她為「妳」。

40　即彼此錯認對方的身分。

41　見第二幕第五場。

42　麗芷特玩弄文字遊戲：本來"je suis votre serviteur"（直譯為「我是您的僕人」）是傳統客套語（參見《雙重背叛》第一幕第一場注釋10），意為「我願意為您效勞」、「靜候您的差遣」，也用來告辭或表示肯定附和；麗芷特套用這句話（"je suis votre servante"「我是您的丫鬟」），除故意模仿貴族人家，客套地向阿樂甘道別外，也一語雙關再次點出自己的身分，自我解嘲地為剛才兩人吞吞吐吐、最後讓真相大白的滑稽過程作一結論。

43　（接續注釋42）阿樂甘也快活地回應麗芷特的文字遊戲。

【第七場】

人物	多杭特、阿樂甘
多杭特	你剛離開奧何岡家小姐，你告訴她你是誰了嗎？
阿樂甘	當然啊！那可憐的孩子，她的心比羔羊柔順，連吭也沒吭一聲。我告訴她我名叫阿樂甘，平常穿的是制服[44]，她對我說：「我的朋友，人生在世，本來就各有其名，服裝也各異。您的制服雖然不花您一分錢，卻仍然優雅悅人。」[45]
多杭特	這是天方夜譚嗎？
阿樂甘	我甚至還準備提親呢！
多杭特	什麼？她同意嫁給你？
阿樂甘	她急得不得了呢！
多杭特	你騙我，她根本不知道你是誰。
阿樂甘	呸[46]！您要不要打賭，我會身披外套[47]娶她[48]？要是

---

44 阿樂甘指的是僕役制服。（參見《雙重背叛》第一幕第九場注釋51）

45 阿樂甘得知麗芷特的真實身分和這「雙重喬裝」的遊戲後，也加入「導戲者」的行列，和這齣戲的其他角色合作，一同作弄多杭特。身為僕役的他，平時只有被主人輕視、受主人差遣的份，而此時正是他報仇洩恨的好時機，因此他存心激怒、頂撞多杭特。

46 "par la ventre bleu"，由"par le ventre de Dieu"轉變而來。

47 "casque"，是僕役穿在制服外的外套。

被您惹火，我乾脆穿著工作服[49]上陣。您要知道，我的愛耐磨耐摔，沒有您的破衣服[50]，我照樣可以衝鋒陷陣，達成目的[51]。大不了，我們把身分換回來好了。

多杭特　你是個騙子，此事令人難以置信，我必須警告奧何岡老爺。

阿樂甘　警告誰？我的丈人嗎？那慈眉善目的老好人，早就已經被我們搞定，我保證讓您見狀嘖嘖稱奇！

多杭特　胡說八道。你見到麗芷特了嗎？

阿樂甘　麗芷特？我沒見到她。也許她曾經從我眼前走過，但是本人身為貴族，對區區一個丫鬟不屑一顧，這個就讓給您了[52]。

48　阿樂甘說的是真話，他的確會以僕役身分娶「假席勒薇雅」為妻，不知情的多杭特聽了當然覺得不可思議。而同樣掌握真相的觀眾此時和阿樂甘一樣，同以觀看多杭特徬徨、惱怒、受氣為樂。

49　"souquenille"，是僕役做粗活時，為防止弄髒制服，套在外面的粗麻布長罩衫。

50　"votre friperie"（舊衣服）。阿樂甘口中的「破衣服」，並非真指衣服的破爛，而是惱恨與不屑之餘所說的諷刺話語，意即他並不需要靠多杭特光鮮華麗的服飾和貴族光環，仍然可以娶「假席勒薇雅」為妻。

51　"pousser ma pointe"，本是西洋劍術所用的詞語。"pointe"是「劍尖」，片語"pousser la pointe"是鬥劍時將劍尖往前推進刺中對方，後來被引申比喻一個人意志堅決，貫徹目標，也用來指作戰時衝鋒陷陣，深入敵方陣營。因此阿樂甘這麼說，不僅告訴多杭特他會娶「假席勒薇雅」為妻，也同時嚇唬他，說明他自己從此將在上流社會爭得一席之地。

52　這是阿樂甘殘酷之處。他明知主人為自己和心上人的懸殊差距痛苦不已，仍然故意強調席勒薇雅的假丫鬟身分，刺痛主人的傷心處。也許這是因他平時受盡階級區分的歧視，藉此機會報復。

多杭特　　你瘋了，給我滾吧！

阿樂甘　　您現在對我裝腔作勢，那是習慣使然，等我成了婚，
　　　　　我們就可以平起平坐了。您的丫鬟[53]來了。妳好，
　　　　　麗芷特，布禾奇農是個才德兼備的男孩，我極力向
　　　　　妳推薦他。

53　（接續注釋52）阿樂甘再次提醒主人，他的心上人席勒薇雅不過是個女
　　僕。

【第八場】

人物　　　多杭特、席勒薇雅

多杭特　　（低聲說道）她多麼人見人愛啊！為什麼偏偏讓馬里
　　　　　歐搶先一步？

席勒薇雅　公子，您到哪兒去了？我離開馬里歐以後，便急於
　　　　　向您報告我和奧何岡老爺的談話，可是遍尋不著。

多杭特　　我並沒有走遠啊！到底有什麼事？

席勒薇雅　（低聲道）他真是冷若冰霜！（高聲說道）我向老爺詆
　　　　　毀您的僕役，並勸他捫心自問，裁定那僕役的確一
　　　　　無是處，卻徒勞無功。我勸他至少先將婚期延後，
　　　　　結果也是白費心機，他完全置若罔聞。他甚至打算
　　　　　派人請來公証人呢！您應該表明身分[54]了！

多杭特　　我正有此打算。我準備不告而別，留張字條告訴奧
　　　　　何岡老爺事情真相[55]。

54　"il est temps de vous déclarer"。"se déclarer"在這裡有兩個意思，一是表
　　明身分，二是表明情意。表面上，席勒薇雅像是在勸告多杭特表明其
　　貴族身分，勿讓阿樂甘假冒其名蒙騙奧何岡老爺，事實上，她也一語
　　雙關催促多杭特公開他的情意，向她及眾人表態要娶她。

55　多杭特是個有良好家教的貴族，若他向奧何岡老爺坦承自己不但向他
　　隱瞞身分（多杭特並不知道其父親早已去信告知奧何岡老爺隱瞞身分
　　一事──參見第一幕第四場）進入他家，還愛上他府上的女僕，勢必引

席勒薇雅	（低聲道）他要離開？這並非我所要的啊！
多杭特	您不贊成嗎？
席勒薇雅	不……不太贊成。
多杭特	以我目前的處境，除非親自坦承一切，否則沒有更好的方法，然而我下不了決心這麼做。此外，我另有隱情[56]，必須離開，沒必要再久留。
席勒薇雅	以我的身分地位，不好問明您的隱情，無法對您的決定評斷可否。
多杭特	麗芷特，您可以輕而易舉地猜出來呀！
席勒薇雅	我猜，也許您厭棄奧何岡家小姐。
多杭特	您就只猜到這一點嗎[57]？
席勒薇雅	我還有別的推測，但是我還算清醒，不致鏡花水月作非分之想。
多杭特	也沒有勇氣多談，因為這些推測肯定於我無益。再見了，麗芷特！
席勒薇雅	小心，我必須告訴您，您並沒有聽懂我的意思。[58]
多杭特	您的意思我清楚得很，多做解釋對我並無益處，您就留待我走後再說吧！
席勒薇雅	什麼？您真的要走？

起軒然大波，因此只能選擇此下策。

56 多杭特以為席勒薇雅愛的是馬里歐，若是如此，他再表態也無意義。

57 多杭特以為席勒薇雅不了解他的深情，因此心如刀割。事實上，席勒薇雅對多杭特的情意清楚得很，她故意裝作不知情，顧左右而言他，意圖逼使多杭特表態，不顧她的女僕身分，娶她為妻。

58 席勒薇雅唯恐多杭特就這麼離去，設法挽留他。

多杭特　　　您深怕我改變主意[59]。

席勒薇雅　　是啊！您真是善解人意！[60]

多杭特　　　您總算說了真心話，再見！

席勒薇雅　　(私下說)如果他就這麼離去，我便不再愛他，而且
　　　　　　永遠不會嫁給他……[61](她目送他離去)可是他停下
　　　　　　來了，他若有所思，看我是否回頭。不過我不會叫
　　　　　　他回來，絕對不會……可是，我如此大費周章，他
　　　　　　不可能離開的！……啊！他走了，一切都完了，我
　　　　　　自以為能夠左右他，我錯了。哥哥笨手笨腳，把事
　　　　　　情弄砸了，事不關己的人總會壞事。我不是幾乎成
　　　　　　功了嗎？孰料結局竟然如此不堪！可是，多杭特又
　　　　　　出現了，他似乎又走回來。那麼我收回剛才所說的
　　　　　　話，我仍然愛他……我假裝要離開，讓他過來阻止，
　　　　　　他得為我們的和解付點代價。

多杭特　　　(攔住她)求您別走，我還有話要跟您說。

席勒薇雅　　跟我說？公子？

多杭特　　　除非您明白我的離去是正確的選擇，否則我離不
　　　　　　開。

席勒薇雅　　公子，您這又何必呢？我只不過是個丫鬟，您已經

59　多杭特嫉妒席勒薇雅對馬里歐的感情，傷心之餘，說出這諷刺的反話。

60　同樣地，席勒薇雅也因氣惱而說了諷刺的反話。

61　席勒薇雅此時大可坦承真實身分，留下多杭特；然而在虛榮心作祟之
　　下，她為了堅持讓多杭特無視其女僕身分向他求婚，竟然不顧自己對
　　多杭特的情意，冒著失去他的危險，狠下心沒有挽留他。

表示得很清楚了，何必再多作解釋呢？

多杭特　麗芷特！您眼睜睜看我下了決定，卻未做任何表示；而現在發怨言的人，居然是您？

席勒薇雅　哼！如果我願意，我可是有很多話要說呢！

多杭特　您說啊！我恨不得自己判斷錯誤。然而，我能說什麼？馬里歐喜歡您啊！

席勒薇雅　這是真的。

多杭特　您剛才[62]恨不得我趕快離開，可見您並不愛我，而且爲他的情意所動。

席勒薇雅　我爲他的情意所動？是誰告訴您的？我不愛您？您怎麼知道？這結論未免下得太快了。

多杭特　既然如此，麗芷特，看在您最珍愛的事物上，求您表明心意。

席勒薇雅　向一個就要離我而去的人表明心意？

多杭特　我不走了。

席勒薇雅　別再攪擾我了。聽著，如果您愛我，就別再追問。您只在意我對您不理不采，而事實上，您恨不得我什麼都不說。我的心意如何，與您何干？

多杭特　與我何干？麗芷特，妳[63]還不相信我爲妳瘋狂嗎？

席勒薇雅　我相信。您一再重複，所以我相信。可是，您這是何苦呢？公子，即使我相信您的話，又能如何？我

62　參見第三幕第三場末尾。
63　多杭特在這裡一時激動，不由自主地以「妳」稱呼席勒薇雅。

這就坦白說吧！您愛我，但這份情意對您而言，不過是兒戲一場，以後要推拖，有的是藉口。您執意要和我談情說愛，然而您我之間，有著天壤之別，以您的身分地位，總是珠圍翠繞，誘惑不斷，多少佳麗期待博君歡心，這些因素終將導致您對我始亂終棄，也許您走出這裡，就會反悔，而且這也無可厚非。而我呢？公子，我擔心自己對您無法忘情，面對這樣的打擊，我何處求援？若失去您，誰能補償我的損失？誰能取代您在我心目中的地位？您可知道，我一旦愛上您，世上再大的誘惑，也無法打動我的心。請您為我設想，行行好，別再談情說愛了。我顧及您目前的心境，不願意坦承我愛您，唯恐吐露真情以後，您的理智會受到考驗[64]，因此一再試圖隱瞞。

多杭特　啊！親愛的麗芷特，我真不敢相信自己的耳朵！妳的話沁人肺腑，我瘋狂地愛妳、尊敬妳；妳的情操高貴，相形之下，任何地位、家世、財富，都顯得無關緊要。我若繼續抗拒，任憑虛榮心作祟，將愧汗得無地自容。從此以後，我的心手相屬[65]。

64　多杭特的理智受到考驗，失去理智，就是不顧一切娶席勒薇雅為妻。

65　"mon coeur et ma main t'appartiennent."。法文"donner la main à qn"（直譯為「把手給某人」）是「答應某人求婚」，因此，"mon coeur et ma main t'appartiennent." 「心手相屬」，表示多杭特不僅愛席勒薇雅，還打算娶她為妻（參見《雙重背叛》第一幕第一場注釋6）。

席勒薇雅	您的確值得我也以心手相回報[66]。我必須心志高尚，才能掩飾心中的喜悅[67]。然而這份感情能夠持久嗎？
多杭特	您愛我囉？
席勒薇雅	不！我不愛您，但是如果您繼續追問，我不負責後果[68]。
多杭特	我不怕您的威脅。
席勒薇雅	那麼馬里歐呢？您不在意他了嗎？
多杭特	不！麗芷特，我不再擔心馬里歐。您騙不了我，您為我的柔情蜜意所動，對我真心誠意，您根本不愛他。我熱情澎湃，任您再三否認，也無法動搖我的心。
席勒薇雅	我不會企圖動搖您的想法。但是我們拭目以待，看您最後如何處置這份感情[69]。

---

66 參見注釋65。

67 多杭特的多情令人感動，席勒薇雅若有所回應，將令多杭特作出瘋狂的決定，不顧一切娶她為妻，如此一來，她便有如麻雀變鳳凰，成為上流社會貴婦。然而這樣的婚事對多杭特個人將是一大傷害（參見第一幕第七場注釋45），因此席勒薇雅佯稱她必須「心志高尚」，才有可能強抑自己的感情，防止多杭特失去理智，毀了前途。事實上，這是「導戲者」席勒薇雅的陰謀，她越表現出自己為多杭特著想而犧牲自己的幸福，多杭特將越受感動，肯定她的為人（「妳的話沁人肺腑，我瘋狂地愛妳；妳的情操高貴，相形之下，任何地位、家世、財富，都顯得無關緊要。我若繼續抗拒，任憑虛榮心作祟，將愧汗得無地自容。」），娶她為妻。

68 參見注釋67。

69 席勒薇雅暗示多杭特將只是玩弄一個女僕的感情，最後拋棄她。其實

多杭特　　　您不願意嫁給我嗎？

席勒薇雅　　什麼？您無視您的地位和財富，不惜激怒令尊，願意娶我為妻[70]？

多杭特　　　您雖然沒有顯赫的家世，卻有高尚的情操，父親見到您，必定會諒解我。此外，我的財富足夠兩人花用。我的心意已定，別再爭辯了。

席勒薇雅　　您心意已定！多杭特，您知道這番話令我欣喜若狂嗎？

多杭特　　　那麼就任真情流露，別再壓抑您的款款深情了。

席勒薇雅　　我總算達成心願。您……您絕對不會改變主意嗎？

多杭特　　　不會的，我親愛的麗芷特。

席勒薇雅　　您真是情深意濃！

　　　她這麼說，目的也是要激使多杭特下定決心娶她。

70　多杭特已表明要娶席勒薇雅為妻，但冷靜的席勒薇雅卻遲遲不願表明身分，因為多杭特尚未表示自己面對父親的反對時，是否仍然能夠堅持他的決定。

【第九場】

人物　　　奧何岡老爺、席勒薇雅、多杭特、麗芷特、阿樂甘、
　　　　　馬里歐

席勒薇雅　啊！父親，您希望我嫁給多杭特，現在女兒滿心歡
　　　　　喜地聽從您的安排。

多杭特　什麼？老爺，您是她的父親？

席勒薇雅　是的，多杭特，為了了解對方，我們不約而同，想
　　　　　出相同的辦法，而事情後來的發展，就用不著我再
　　　　　多說了。我深信您愛我，而您看我費盡心思贏得您
　　　　　的愛，就可以判斷我的萬縷柔情。

奧何岡老爺　您認得這筆跡嗎？我就是從這封信得知您喬裝的身
　　　　　分；而席勒薇雅則是從您口中才得知這件事的。

多杭特　我的歡喜真是無以言喻。然而，小姐，最令我欣喜
　　　　　若狂的，莫過於能以實際行動向您証明我的濃情蜜
　　　　　意[71]。

馬里歐　我激怒了布禾奇農[72]，現在您是多杭特，能不能原

71　多杭特無視席勒薇雅的身分地位，願意娶她為妻，不僅向她證明他的
　　愛，也證明他的為人——他娶席勒薇雅，並非只是遵從父親的安排，
　　更非為了席勒薇雅的財產和地位。席勒薇雅終於達到目的。

72　馬里歐先前以傲慢的態度對待喬裝成僕役「布禾奇農」的多杭特。

　　　　　諒我？

多杭特　　不是原諒，我應該感謝您！

阿樂甘　　（對麗芷特）小姐，您應該歡天喜地才對呀！喪失了
　　　　　小姐身分不足為惜，因為您還有阿樂甘啊！

麗芷特　　你倒真懂得安慰我！這當中只有你坐收漁翁之利。

阿樂甘　　我是沒什麼損失：真相大白之前，您的嫁妝比您值
　　　　　錢；而現在呢？您比您的嫁妝更寶貴。讓我們歡喜
　　　　　雀躍吧[73]！

73　原文是"Allons, saute, Marquis"，直譯為「侯爵，咱們跳躍吧！」這句
　　話出自17世紀劇作家 Jean-François Regnard 於1696年的劇作 *Le
　　Joueur*（第四幕第九場），是劇中人物侯爵心滿意足時的自言自語。馬
　　里伏引用這句話作為本劇結尾，不僅表達劇中人物皆大歡喜，雀躍不
　　已的心情，更讓飾演阿樂甘的多馬三有展現自己彈跳身手的機會（參見
　　導讀〈愛中的徬徨與愛的驚喜〉，頁vii-viii）。

聯經經典

馬里伏劇作精選：《雙重背叛》及《愛情與偶然狂想曲》

2002年4月初版　　　　　　　　　　　　　定價：新臺幣280元
有著作權・翻印必究
Printed in Taiwan.

著　　　者	Pierre Carlet de Marivaux
譯　　　者	林　志　芸
發 行 人	劉　國　瑞

出 版 者　聯　經　出　版　事　業　公　司　　責任編輯　邱　靖　絨
臺 北 市 忠 孝 東 路 四 段 5 5 5 號　　封面設計　沈　志　豪
台 北 發 行 所 地 址：台北縣汐止市大同路一段367號
　　　　　電　話：（0 2）2 6 4 1 8 6 6 1
台 北 忠 孝 門 市 地 址：台北市忠孝東路四段561號1-2樓
　　　　　電　話：（0 2）2 7 6 8 3 7 0 8
台 北 新 生 門 市 地 址：台北市新生南路三段9 4號
　　　　　電　話：（0 2）2 3 6 2 0 3 0 8
台 中 門 市 地 址：台中市健行路3 2 1號B 1
台 中 分 公 司 電 話：（0 4）2 2 3 1 2 0 2 3
高 雄 辦 事 處 地 址：高雄市成功一路3 6 3號B 1
　　　　　電　話：（0 7）2 4 1 2 8 0 2
郵 政 劃 撥 帳 戶 第 0 1 0 0 5 5 9 - 3 號
郵　撥　電　話：2 6 4 1 8 6 6 2
印 刷 者　世　和　印　製　企　業　有　限　公　司

行政院新聞局出版事業登記證局版臺業字第0130號

國家圖書館出版品預行編目資料

馬里伏劇作精選：《雙重背叛》及《愛情與
偶然狂想曲》 / Pierre Carlet de Marivaux 原著 .
林志芸譯 . --初版 .
--臺北市：聯經，2002 年（民 91）
280 面；14.8×21 公分 .（聯經經典）

ISBN　957-08-2396-8(平裝)

876 55　　　　　　　　　　　　　91004569

聯副文叢系列

●本書目定價若有調整，以再版新書版權頁上之定價爲準●

(1)鹽田兒女	蔡素芬著	180
(2)邊陲的燈火	楊蔚齡著	180
(3)散文的創造(上)	瘂弦主編	150
(4)散文的創造(下)	瘂弦主編	150
(5)飛翔之光——聯合報文學獎1994卷	瘂弦主編	250
(6)人生是一條不歸路	王邦雄著	170
(7)紅顏男子	李岳華著	150
(8)天下第一村幹事	陳介山著	120
(9)未來世界	王小波著	140
(10)讓高牆倒下吧	李家同著	170
(11)新極短篇——全民寫作(一)	陳義芝主編	180
(12)我寫故我在——聯合報文學獎一九九五卷	瘂弦主編	250
(13)陳瑞獻寓言	陳瑞獻著	130
(14)膜	紀大偉著	180
(15)每個人都有大智慧	趙衛民編	160
(16)站在巨人肩上	瘂弦、陳義芝編	220
(17)扶桑	瘂弦主編	200
(18)真女人紀事	陳義芝、黃秀慧編	150
(19)新極短篇——全民寫作(二)	黃秀慧主編	180
(20)美麗新世界——聯合報文學獎一九九六卷	瘂弦主編	250
(21)雙身	董啟章著	200
(22)眾神的花園	瘂弦主編	380
(23)大漠魂	郭雪波著	150
(24)人生散步	瘂弦主編	140
(25)向時間下戰帖——聯合報文學獎一九九七卷	陳義芝編	250
(26)陌生人	李家同著	170
(27)橄欖樹	蔡素芬著	180
(28)閱讀之旅（上卷）	陳義芝編	200
(29)閱讀之旅（下卷）	陳義芝編	200
(30)智慧100	聖嚴法師著	200
(31)人與海：台灣海洋環境	賈福相著	240
(32)迴旋	張讓著	250
(33)默	杜修蘭著	180
(34)沉雪	李晶、李盈著	200

(35)台灣現代小說史綜論　　　　　　　　陳義芝主編　　　480

(36)華年放異采──聯合報文學獎一九九　陳義芝主編　　　250
　　八卷

(38)看海的人　　　　　　　　　　　　　賈福相著　　　　250

(39)台灣文學經典研討會論文集　　　　　陳義芝編　　　　420

(40)惡寒：第廿屆聯合報文學獎中篇小說評　張惠菁著　　　220
　　審獎

(41)金色海灘：第廿屆聯合報文學獎中篇小　樊小玉著　　　180
　　說評審獎

(42)新的寫作時代──聯合報文學獎一九　陳義芝編　　　　250
　　九九卷

(43)消失的海岸　　　　　　　　　　　　孫寶年編　　　　250

(44)二十世紀文學紀事　　　　　　　　　鄭樹森編著　　　280

(45)李喬短篇小說精選集　　　　　　　　李喬著　　　　　250

(46)再現文學垂天大翼──聯合報文學獎　陳義芝編　　　　220
　　一九九九卷

(47)藍色運動：尋回台灣的海洋生物　　　邵廣昭等著　　　280

(48)時代小說（上、下）　　　　　　　　蘇偉貞主編　　　500

(49)聯副插畫五十年　　　　　　　　　　陳泰裕主編　　精380

生活視窗系列

●本書目定價若有調整，以再版新書版權頁上之定價爲準●

(1)時裝‧性‧男女　　　　　　　　楊慧中等譯　　180
(2)三原色：藍、黃、紅　　　　　　冷步梅譯　　　220
(3)美感經驗　　　　　　　　　　　陳長華著　　　150
(4)人性八惡　　　　　　　　　　　廖月娟等譯　　160
(5)喝杯下午茶　　　　　　　　　　孟樊著　　　　150
(6)拆穿男人的謊言　　　　　　　　邱彰著　　　　160
(7)實用芳香療法　　　　　　　　　施沛琳著　　　180
(8)IQ父母EQ子女　　　　　　　　　沈怡著　　　　180
(9)漂亮髮型自己做　　　　　　　　紅造型製作　　280
(10)我有辦法　　　　　　　　　　　蔣大中著　　　250
(11)放慢生活的步調　　　　　　　　莊安祺譯　　　220
(12)後現代絕症　　　　　　　　　　簡捷著　　　　200
(13)兩個女孩的天堂　　　　　　　　台北海外和　　150
　　　　　　　　　　　　　　　　　平服務團
(14)愛情的危機處理　　　　　　　　林仁和著　　　220
(15)創造你希望的愛情　　　　　　　沈怡著　　　　180
(16)人人是英雄　　　　　　　　　　羅效德譯　　　180
(17)雙腦革命　　　　　　　　　　　邱紫穎譯　　　290
(18)哭泣的結婚證書　　　　　　　　孫藝庭著　　　200
(19)台灣生死書：婚喪習俗及法律知識　劉俊麟著　　　250
(20)生活中的修行　　　　　　　　　陳履安口述　　160
　　　　　　　　　　　　　　　　　劉洪順整理
(21)愛在飢餓蔓延時：台灣世界展望會救援　台灣世界展　　200
　　紀事　　　　　　　　　　　　　望會編著
(22)你的個性　　　　　　　　　　　羅效德譯　　　200
(23)天天容光煥發：女性輕鬆減壓秘招　林香君著　　　200
(24)消除生活壓力的禪　　　　　　　羅若萍譯　　　250
(25)顏色密碼：從顏色看性格　　　　魏易熙譯　　　300
(26)傻人的愛，給狗　　　　　　　　鄭瑩著　　　　220
(27)如來的小百合　　　　　　　　　伶姬著　　　　250
(28)聽心說話　　　　　　　　　　　釋心道著　　　220
(29)SQ：心靈智商　　　　　　　　　邱莞慧譯　　　280
(30)生命的意義　　　　　　　　　　莊安祺譯　　　250
(31)他比總統先到　　　　　　　　　馮寄台著　　　220
(32)禪證　　　　　　　　　　　　　梁丹丰等講述　160
(33)人生經營　　　　　　　　　　　聖嚴法師等講述　150
(34)情緒的12堂課　　　　　　　　　張瀞文著　　　250
(35)愛情劊子手　　　　　　　　　　呂健忠譯　　　250

(36)天天神采飛揚　　　　　林香君、　　　180
　　　　　　　　　　　　　劉俊麟著
(37)蓮花時空悲智情　　　　伶姬著　　　　280
(38)突破你的極限　　　　　徐筱春譯　　　320
(39)生命如此美好　　　　　施貞夙譯　　　300